松竹梅

戌井昭人

リトルモア

松竹梅

もくじ

装画　樋口達也
装丁　南　伸坊

コーラの味

まとめて「松竹梅」と呼ばれていた三人の生徒は、松岡、竹村、梅田の小学五年生だった。けれども、そのようなおめでたい名前とは裏腹に、松竹梅は、ほかの生徒や先生にはほとんど相手にされず、教室ではゴミ箱の裏に吹きだまったホコリのような存在だった。

松竹梅の梅、梅田は小学四年生の夏休みに岐阜から東京に引っ越してきた。そしてこの学校に転校してくると、早々にいじめが始まった。

梅田は姉と二人で暮らしていた。両親は岐阜で不動産業を手広く営んでいたが、商売に失敗して、長良川上流に身を投げて心中をした。

残された梅田はそのとき小学二年生で、姉は高校三年生だった。しばらくは叔父の家で厄介になっていたが、叔父は梅田の父に借金をして金は返していなかったし、ほかにも不義理がいろいろあったので、その子供たちの面倒を見るのはどうにもバツが悪く、折り合いも良くなかった。

姉は進学をあきらめ、高校を卒業すると年齢をごまかして下呂温泉に出稼ぎに行ってコンパニオンになった。そして金を貯めて戻ってくると、弟と一緒に叔父の家を出て岐阜駅の近くにアパートを借りて住んだ。

姉はしばらく街のキャバクラで働いていたが、その後、稼ぎが良いからという理由で、岐阜駅の裏にある金津園《かなづえん》というソープランド街の店で働き出した。両親を亡くし、これから弟の面倒を見なくてはならない決意もあって熱心に働いた。姉は元来、屈託のない性格で、あっけらかんとしていたから、苦労を背負っている影も見せなかったし、仕事に対する抵抗もなかった。また器量も良かったので、すぐに売れっ娘になり、しばらくするとスカウトマンが来て、もっと稼ぎの良い吉原の高級ソープに引き抜かれ、姉弟で東京に引っ越した。

このような姉に育てられていたので、梅田の性格はどこかズレていて、悪意はまったくないのに彼自身を目立たせてしまっていた。

梅田は、いつも姉が買ってきてくれた服を着ていて、転校してきた早々から、ピンク地に猫のイラストのあるTシャツを着て学校に行った。話し方も姉に似て大人っぽかったが女っぽくもあった。

変な服や話し方は、すぐにからかわれる対象となり、いじめになっていった。いじめは徐々にエスカレートして、裏庭の木に縛られたり、ランドセルに石を詰め込まれたり、チョークを食べさせられたり、腐った牛乳をヨーグルトだといって飲まされたり、濡れた雑巾で叩かれるようになった。

決定的だったのは、便器の水を給食の牛乳の空いた瓶にすくって飲まされたことだった。それ以来梅田は便所に行けなくなり、小便を漏らすこともあり、学校では一切喋らなくなった。彼は学校にいると言葉を発することができなくなってしまった。でも姉に心配をかけたくないので、学校に通い続け、いじめにあっていることは一切話さなかった。


松竹梅の松と竹、松岡と竹村は幼なじみだった。松岡の母親はスナックを営んでいた。竹村の親父は車の修理工場を経営していたが、ギャンブル癖が高じ商売に失敗して、今はタクシー運転手をやっていた。

竹村の親父は松岡の母親のスナックの常連だった。竹村の母親は彼が三歳の頃家を出て行ったので、小学校にあがる前から親父にスナックへ連れていかれ、夕食はスナックのカウンターで、焼うどんばかり食べていた。そして親父がカラオケを歌いはじめると、住居になっているスナックの二階に上がって松岡と遊んでいた。

松岡は、生まれたときから父親はいなかった。母親はかつて銀座のクラブで働いていた。松岡はその頃できた子供で、手切れ金代わりにスナックを持たせてもらった。父親はムード歌謡の歌手で、昔は結構売れていたが落ち目になって、数年前に自殺未遂を起こし話題になった。今は復帰して細々とディナーショーや地方営業などをやっているが、松岡は自分の父親が誰なのかは知らない。だが歌手の血を継いでいるので、子供ながらにカラオケを歌わせるともの凄く上手で、店で歌っては常連客から小遣いを貰ったりしていた。

家庭環境もそんなであったから、松岡と竹村の二人は、入学当初からほかの生徒と馴染むことができなかった。

松岡は母親のスナックで散々な酔っぱらいを見ていたので、大したことでは動じず、鼻っ柱も強かった。背丈はほかの生徒よりもひとまわり大きく、中学生がランドセルを背負っているように見えた。

竹村は元来ひょうきん者で、馬鹿なことをしては松岡を笑わせていたが、小学三年生の頃、ボクシング好きの親父が息子をボクサーにすると言い出し、ジムに入門させられ、週三回は通っているので、忍耐力も体力もあった。またギャンブル好きの親父の影響で計算が異様に得意で、算数の成績だけは良かった。

松岡も竹村も学校ではあきらかに異質な存在だった。けれども、いじめの対象にならなかったのは、二人の独特の雰囲気が否応なしにほかの生徒を圧倒していたからだった。

五年生のクラス替えで松岡と竹村はまた同じクラスになった。彼らは一年生の頃から同じクラスだったが、それは二人を別々のクラスにさせて、ほかの生徒と仲良くなったりしたらかえって面倒だという教師の意向だった。

一方、二人もクラス替えがあったからといって、まわりの生徒の顔すら覚える気はなく、いつも休み時間になると、出ることが禁止されている非常階段に行き、学校帰りに立ち寄る駄菓子屋のジュースやお菓子を賭けて、花札のコイコイをした。

二人の賭け事好きは親の影響だった。特に竹村の親父は一度ギャンブルで身を持ち崩しているのに、反省もなく相変わらず博打好きで、息子の運動会の徒競走では生徒を馬に見立て、松岡の母やスナックの常連たちと賭けをした。竹村は運動神経がよくて徒競走はいつも一位だったが、親父は仲間を息子に賭けさせて、小遣いをやるから負けてくれと息子に頼み、竹村はわざと転んで小遣いを貰ったことがあった。

ふざけきった学校生活を送っている二人であったが、授業には出ることにしていた。何度か学校を抜け出して家に帰ったり、近所の公園へ昼寝をしにいったりしたこともあったが、授業に出ないと教師に心配され怒られるので、面倒なのだった。

その日の花札は、チャイムが鳴った時点で竹村の勝ちが決まった。松岡は負けが込んでいた。たまに大勝ちをすることもあったが、どちらかといえば竹村のほうが強かった。

非常階段から教室に戻ると、後方の掃除用具入れの脇にあるゴミ箱に、スッポリと身体のおさまった男子生徒がいた。

ゴミ箱からは顔だけが出ていた。彼は二人と目が合うと情けなく笑った。それが梅田だった。

松岡と竹村は一瞬笑ってしまったが、同時に、見世物みたいなその光景に違和感を覚えた。

「おまえ、なにやってんの？」松岡が訊いた。

梅田はこわばったような顔で笑っているだけで、身体はゴミ箱にぴったりおさまり身動きがとれずにいた。

教室全体を見渡すと、席に座った生徒たちの背中は震えていて、みんな笑いをこらえていた。

教室には嫌な空気が流れていた。

松岡は、梅田のおさまっているゴミ箱まで歩み寄り、ゴミ箱の両脇を持ってゆっくり横に倒した。

床の上で横になったゴミ箱から顔だけを出している梅田は、さらに無抵抗な状態になってしまい、松岡に顔面を踏みつけられるとか、もっとひどいことをされるのではないかと思って表情が固まった。

松岡は床に膝をついて、ゴミ箱から飛び出した梅田の頭をヘッドロックした。

「おい竹村、ゴミ箱引っぱってくれよ」

竹村がゴミ箱を引っぱると、ヘッドロックされた梅田の首は伸びるようになって、身体はゴミ箱から抜け、膝を抱えたまま、中におさまっていた状態で床に転がった。梅田の目には涙がたまっていた。

一方竹村は、引っぱる際に勢いあまってゴミ箱を抱えたまま転倒して、中身のゴミを床にぶちまけポケットに入っていた花札も床に散らばった。

松岡は竹村に、「ティッシュちょうだい」と言った。竹村はズボンの尻ポケットから、親父がもらってきたパチンコ屋のポケットティッシュを出して松岡に投げた。松岡は、それを梅田に渡した。

竹村は朝、鼻くそをほじくりすぎて爪で引っ掻き鼻血を出して、通学時に鼻にティッシュを突っ込んでいたから、松岡は竹村がティッシュを持っているのを知っていた。

梅田は床に転がったままティッシュで涙を拭いて、立ち上がって服についたゴミをはたいた。

窓際の一番後ろに座っていた生徒がニタニタ笑っているのが目に入った。

「こいつをゴミ箱に入れたの、おまえか?」松岡が言った。

「入れたんじゃねえよ。捨てたんだよ」

彼は船木という生徒で、たまに松岡と竹村と揉めることがあったし、梅田が転校してきてから、率先していじめていたのも船木であった。

松岡は床に転がるゴミ箱を持ち上げた。

「なんだ?　文句あんのかよ」

船木は椅子に座ったまま横柄な態度をとっていたが、松岡は間髪入れずに、船木の頭にゴミ箱をスッポリかぶせた。

座ったままの状態で腰までゴミ箱におさまってしまった船木は、上半身の身動きがとれず、そのまま暴れ出して椅子から転げ落ちた。床に転がったゴミ箱の中からは、「おい、出せよ、おい、こら」とくぐもった叫び声が聞こえてきた。

松岡は何事もなかったように席に座った。竹村は散らばった花札を拾い集め、枚数を確認して席に着いた。花札は親父から譲り受けたもので、手垢にまみれ柔らかくなっていた。

梅田はゴミ箱の船木を見下ろし、どうしたらいいのかわからないまま、突っ立っていた。

教室の前方の扉が開いて先生が入ってきた。目が細くてアゴがしゃくれた半田という陰険な先生だった。

教室の後方ではゴミ箱が大きな音をたてバタバタのたうちまわっていた。半田は怪訝そうな顔をして近づいていった。ゴミ箱の中からは叫び声が聞こえていた。そしてゴミ箱から船木を抜き出した。

船木は泣いていた。格好悪いから泣きたくなかったが涙が止まらなかった。

最初はそばに突っ立っていた梅田が疑われた。

「おまえがやったのか?」

半田は訊いた。梅田は困った顔をしたまま言葉を一言も発しなかった。半田は梅田のTシャツの襟を引っぱり、廊下に連れ出そうとした。すると松岡が立ち上がり、

「そいつをゴミ箱に入れたの、おれですけど」と言った。

松岡はしこたま怒られたが、言い訳もせずに黙っているだけで、謝ろうとしなかった。そして廊下に連れ出され一日中立たされた。

放課後も職員室に呼び出されて怒られた。竹村は校門脇の花壇ブロックに座って鼻くそをほじりながら松岡が戻ってくるのを待っていた。

そこに船木が数人の仲間を引き連れてやってきた。

「なあ、おい」

船木は松岡に仕返しをしてやると仲間に話していたらしいが、自分のメンツを保つため格好だけでも松岡を探していて、実際喧嘩になったら、どのような言い訳をして逃れるかも考えていた。

「松岡いねえのか?」

竹村は無視して鼻くそほじりに集中していた。大きいのが鼻の穴の奥にこびりついていた。首の角度を変えたり突っ込む指を変えたりしながら鼻くそと格闘していた。

その姿を船木たちが眺めていた。

大きな鼻くそがやっとこさ取れると竹村は、

「ほら見てみろ、こんなデカイの捕獲したぞ」

指を差し出して、鼻くそを船木たちに見せた。

「きったねえぞ」

「別に汚くねえよ。おまえの鼻の穴にも鼻くそがたまってるだろう、人間は鼻くそがたまる生き物なんだ」

「知らねえよ、そんなの」

「あのさ、鼻くそ、たくさん集めたら、ポイント交換とかできればいいのにな」

竹村は花壇に植えてある花に指についた鼻くそをなすりつけた。

「おまえらも、鼻くそ、ほじくってさ、ココにつけろよ」

「いやだよ」

「みんなで鼻くそつけて、鼻くその花にしようぜ」

「もう行こうぜ、こんな馬鹿相手してられないよ」

その場を後にした船木であったが、内心は喧嘩にならなくてよかったと思っていた。

竹村は、もう片方の鼻にあるデカイのを取り出すため、再び鼻の穴に指を突っ込んでいると、梅田がやってきて竹村の目の前に立った。

ちょうどそのとき鼻くそが取れたところだったが、それは、今朝、鼻をほじくっていたときにできたひっかき傷のカサブタで、指に血が付き、鼻の穴からは血が流れてきた。

梅田はゴミ箱から救出してもらったときに、松岡からもらったポケットティッシュを渡した。

竹村は「ありがとう」と言って、丸めて鼻の穴に突っ込んだ。ティッシュの裏にはパチンコ屋の広告があった。

「ここのパチンコ屋、玉がぜんぜん出ないんだって。だからおれの父ちゃんさ、もとをとるとか言って、三百個くらい持ってきたんだ。でもさティッシュ三百個でも、もとをとれないよな。それに考えがセコいよね」

竹村は梅田にティッシュを返した。梅田は首を振ったが、

「いいんだよ、たくさんあるから」

梅田はティッシュを受け取った。

「ここ座れよ」

竹村は自分の座っている横の花壇ブロックを叩いた。

「おまえ、花札できる？」

梅田は首を横に振った。

「じゃあ見せてやるよ」

ポケットから花札を取り出して、竹村は花壇ブロックに並べはじめた。

「花札っていろんな絵があってさ、この花の絵なんて、ここにある本物の花よりもキレイだろ」

花壇ブロックに花札をすべて並べると、

「おまえ、どの札が好き？」と訊いた。

梅田はススキに月の絵柄を指した。

「それはな、ボウズっていうんだな、八月の札」

梅田は首をかしげた。

「おまえ、誕生日いつ？」

なにか言おうとしたが梅田は声が出なかった。

「まあいいや、花札は一月から十二月までの札があってね、おれは一月生まれだから、この鶴の札が一番好きなんだけど、おれの親父はこのイノシシとシカとチョウチョのイレズミがあんだよ。右腕がイノシシだろ、左腕がシカで、お腹にチョウチョなの、馬鹿みたいだろ、実際、馬鹿なんだけどさ」

梅田は笑った。

「おまえ、昔っから学校にいた？」

首を横に振る。

「転校生か？」

梅田はうなずいた。

「いつ引っ越してきたの？」

しばらく沈黙が続いたが、梅田は指を三本にしてみせた。

「三年生のときか？」

うなずく梅田。

「おまえ、喋れないの？」

このような状況でも梅田は、学校にいるというだけで、空気が喉を締めつけるような感じがして声を出せなかった。

「まあ、いいや」

半田に怒られていた松岡が校舎から出てきて、校門で待っていた竹村に気がついた。

「あれ、待っていてくれたの?」

「だっておれ今日勝ったから、チェリオおごってもらわなくちゃならねえもん」

「シュウネン深いね。そういうの嫌われるよ」

「誰に?」

「女の人に」

「女なんて関係ねえじゃん」

「いや、大人になったら関係あるらしいよ。スナックに来てるおっさんが言ってたもん。大人になると、世の中のできごとは、女によって引き起こされるから、女に嫌われたらおしまいですって」

「は?」

「シュウネン深いのとしつこいのは、女に嫌われるってよ」

「別に嫌われてもいいもん」

「大人になって苦労するよ」

梅田はニコニコして竹村の横に立っていた。

「おまえ、ゴミ箱に入ってた奴だろ? なんでここにいるの?」

「知らねえけど、こいつ喋らねえんだ」

梅田は相変わらずニコニコしていた。その笑顔はゴミ箱に入っていたときのものとは、あきらかに違って楽しそうだった。

「おまえ、いつもあんなふうにいじめられてんの？」

「だから、こいつ喋らないいんだよ」

「なんで喋らないの？」

「あれ？　でも喋れないけど、聞こえてるのか」

竹村が言うと、梅田はうなずいた。

「じゃあ、これから一緒に駄菓子屋行こうぜ、んで、松岡にチェリオおごってもらおうよ」

「なんで、そいつにもおごらなくちゃならねんだよ」

「だって松岡、昨日のぶん、清算してないだろ。おれ昨日ボクシングだったから、駄菓子屋寄ってないじゃん。でさ、昨日の負けで、こいつにおごってやってよ」

三人は、「ゆーあい」という名前の駄菓子屋に行った。ここは婆さんが一人でやっている駄菓子屋なのだが、ゆーあいは友愛で、レジの横には大きな仏壇が置いてあり、婆さんはいつも仏壇に向かって団扇太鼓を叩いていた。

松岡はチェリオを三本買った。梅田はチェリオを受け取ると、二人の顔色をうかがい、ゆっくりと、「ありがとう」と言った。竹村が驚いた顔をした。

「あれ？　なんだよ、おまえ喋ったろ？」

「うん」

「へっ？　喋れるの？」

「うん」

「なんだよ騙されてた」

「でも学校だと、喋れない」

「は？」

「学校だと、声が出ないの」

「なにそれ？」

「学校にいると、声が出せない」

「そういうの、なんか、精神的なあれか？」松岡が訊いた。

「さあ」

「おまえ、学校嫌いだろ」

「好きじゃない。いじめられるから」

「だから、精神のなんか、あれだろ、学校が嫌すぎて、嫌なところにいると、声が出なくなっちゃうんじゃねえの？」

「すると、おれも、学校嫌いだから、いつか声出なくなっちゃうかな」

竹村は鼻のティッシュを外し、血がついてるのを確認して、また鼻の穴に突っ込んだ。

「おまえはだいじょうぶだよ。馬鹿だから。つうかおまえ、鼻血出すぎじゃねえのか」

「さっきほじくってたら、カサブタがはがれた」

「鼻くそほじくりすぎだよ、ゴリラじゃねえんだから」

「ゴリラって鼻くそほじるの？」

「知らねえ」

梅田が笑った。

「おまえ、名前なんていうの？」松岡が訊いた。

「梅田」

「梅田か、おれは松岡で、こいつはゴリラ」

「ゴリラじゃねえよ、竹村だよ。よっし、じゃあ乾杯しようぜ、乾杯。梅田と友達になったことに乾杯」

三人はチェリオの瓶を出して乾杯をした。ガラスの瓶が弾ける音が駄菓子屋の前に響いた。

チェリオは飲み終わって瓶を返すと十円を戻してもらえるのだが、三人は、久しぶりに新しい友達ができたことで得体の知れない興奮状態に陥り、竹村は調子に乗って奇声を発しながら、駄菓子屋の脇のブロック塀に瓶を投げつけて割り、松岡と梅田も瓶を塀に投げつけて割って騒いでいると、駄菓子屋の婆さんが店から出てきて怒られた。三人は割れた瓶を片付け、ついでに店の掃除もさせられた。

梅田は、松岡と竹村と友達になると、いつも二人にくっついているようになったので、いじめていた奴らも手を出せなくなっていた。

梅田は学校にいるとき、少しだけ声を出して喋れるようになったが、教室やほかの生徒が見ているところではやはり喋れなかった。それはいじめられていたときの後遺症のようなもので、松岡と竹村になにかを伝えたいときは、ジェスチャーか筆談をすることもあった。

また、非常階段で遊んでいた花札のコイコイは、梅田も加わってできるように、チンチロリンに代わり、竹村が持ってきたサイコロ三つを、給食のアルマイト皿に振っていた。そして学校帰りには駄菓子屋で賭けの清算をした。

放課後はゲームセンターに行ったり、浅草寺から大きな石を運んで隅田川に投げ込んだり、銭湯に行ったりして遊んでいた。ほかに仲間がいるわけでもないので、サッカーや野球などの球技とは無縁だったが、三人なりに楽しんでいて、自転車で遠出をして東京湾にハゼを釣りに行ったりもしていた。

上野のデパートに行って、地下の食品売り場で試食品を食べ、おもちゃ売り場でだらだら過ごし、屋上のペットショップを覗いてゲーム機で遊ぶこともあって、ある日、屋上にたむろする中学生と喧嘩になり、竹村が花壇の脇にあった石を投げはじめると、続いて二人も石を投げＵＦＯキャッチャーのガラスを割ってしまった。

デパートの職員がやってきて中学生は逃げたが、三人は捕まってしまい、親を呼び出されることになった。けれども松岡の母親はスナックの常連客と千葉まで釣りに行っていて、竹村の親父は仕事でタクシーを流していたので、梅田の姉が保護者を代表して迎えに来てくれた。

松岡も竹村も梅田の姉と会うのははじめてだった。二人は梅田の姉ということで、チンチクリンな女性を想像していたが大間違いだった。

デパートの事務室に現れた梅田の姉は、松岡も竹村も今まで見たことないようなタイプの人だった。若くて、可愛らしいが色気もあった。それに愛嬌があって、人を惹きつける親しみやすさがあった。

彼女はデパートの人には平謝りしていたが、デパートを出ると、弟たちが暴れて呼び出されたにもかかわらず怒る様子はまったくなくて、「みんなで、なんか甘いものでも食べに行こうよ」と御徒町の甘味処に連れていってくれ、クリームあんみつをおごってくれた。

「あのさ、弟は引っ越してきてから、学校のことなんにも話してくれないから、心配してたんだけど、お姉ちゃん嬉しいよ。松岡くんも竹村くんも、うちの弟と仲良くしてやってね」

松岡と竹村は、人を包み込む、柔らかい優しさのある梅田の姉ちゃんを、すぐに好きになって、こんな素敵な姉ちゃんがいる梅田を羨ましく思った。


いつもつるんでいた三人が、松竹梅と、まとめて呼ばれるようになったのは、五月の終わりの遠足で高尾山に登ったときだった。

そのとき三人は、集団からだいぶ離れて山道をちんたら歩いていた。さらに途中の別れ道でまったく違うコースを行ってはぐれてしまったが、逆にはぐれたことを喜び、はしゃぎはじめた。途中の山道にあったつり橋を大きく揺すったり、ぶら下がったりして登山客に怒られたりもした。

その頃すでに、ほかの生徒たちは頂上に着いて弁当をひろげていた。先生の半田が生徒の人数を確認したところ、松岡と竹村と梅田がいないことに気がついた。

三人はついこのあいだ、交通安全の指導で白バイ隊員が体育館に来たときも、消防車が校庭に来た写生大会のときも集合に遅れ、半田に怒られていた。

しかし今回は遠足で、さらに山である。もしものことがあったら担任の自分の責任になると半田もあせった。

「おい、あいつらはどこに行ったんだ！　誰か知らないか」

生徒たちは関係ないと無視して弁当を食べていた。

「迷惑ばっかりかけやがって、松竹梅は」

怒る半田の横で弁当を食べていた生徒が、

「しょうちくばい、ってなんですか？」と訊くと、

「松と竹と梅で、松竹梅だろ、どこに行ったんだ、あいつら」

生徒たちは「松竹梅だって」と弁当を食べながら笑っていた。しかし笑っていられない半田は、「どこに行ったんだ松竹梅！」と怒りながら、うろうろしていた。

しばらくすると三人が汗をかきながらヘラヘラ笑って、「山は、つれえー」「つれえ」「つれえ」と連呼しながらやってきた。

梅田も「つれえ、つれえ」と歌っていたが、弁当を食べていたみんなが、普段喋らない梅田が声を発していることに気づくと、ぴたりと歌うのをやめた。

三人はみんなが登ってきたのと違うコースで頂上にやってきたので、本来のコースのほうで彼らを待っていた半田は気づかなかった。すると弁当を食べていた生徒が「ねえ先生、松竹梅が来ましたよ」と言った。

半田は三人のもとにやってきて、細い目で睨みつけ、「おまえら、いい加減にしろよ！」と怒鳴った。

その目を見て、松岡は梅田の姉ちゃんが一緒にあんみつを食べたときに言ってたことを思い出した。

「あなたたちの担任は、なんかいやらしい目をしてるよね。あたしあんま好きじゃないな、あの目、嫌いだな」

半田の怒りがおさまると、三人はその場に座り込んで弁当をひろげた。松岡の弁当は焼うどんだった。竹村の弁当はスーパーで買ってきた菓子パンだった。梅田の弁当は姉ちゃんが作ってくれたコロッケとご飯だった。コロッケは三個あって、二個は松岡と竹村の分だった。コロッケは冷めてパサパサだったけれど、美味しかった。

三人が反省したそぶりも見せずに楽しそうに弁当を食べていると、半田は逆上して、三人のもとに行き、「笑ってないで、反省しろ、団体行動なんだ、おまえら三人だけじゃないんだぞ。おい人の話を聞いてるのか、松竹梅!」と叫んだ。

以来三人はまとめて松竹梅と呼ばれるようになった。


夏休みの始まる数日前、姉ちゃんがかき氷機を買って松岡と竹村に食べにくるように言っているというので、二人は梅田の家に行った。

商店街の脇にある十階建てのマンションの五階が梅田と姉ちゃんが住む部屋だった。五階までエレベーターでのぼって、廊下のつきあたりの玄関を開けると、姉ちゃんがキャミソールにパンティーの姿で出てきた。

「わあ、来てくれたのね、嬉しい」

姉ちゃんは、自分の姿を気にする様子はまったくなかった。

居間のソファーに座っていると、梅田が水色の熊のキャラクターのかき氷機と、氷をどんぶりに入れて持ってきた。

弟の友だちが来たので着替えるのだろうと松岡も竹村も思っていたが、姉ちゃんはキャミソー

ルにパンティーのままだった。そして機械に氷を突っ込み、

「さーあ、じゃあ作りますよぉ。メロンとブルーハワイとイチゴのシロップも買ってあるから、お好みで、好きなだけ食べてよ」

と、機械のレバーをぐるぐるまわしはじめた。レバーをまわす手と同時に肌もあらわなキャミソールの胸元がわさわさ揺れた。

「ねえ、ほらほら、この熊の目を見て」

かき氷機の熊はレバーをまわすと目が左右に動いた。

「ほらほらほら」

姉ちゃんは熊の目を真似して、自分の目玉も左右に動かした。

けれども松岡と竹村は、キャミソールの下のわさわさ揺れる胸が気になって股間が膨らんできていた。

梅田は姉の真似をして、目を左右に動かし笑っていた。姉ちゃんはガリガリとレバーをまわしながら、

「ほらほら松岡くんも竹村くんも、目玉動かさなくちゃ」

松岡と竹村も目玉を動かしたが、どこかぎこちなかった。

姉ちゃんはかき氷を一人前作ると、

「あー疲れた。これ腕がしんどいわ、じゃあ次、誰かやって」

「竹村くん、ボクシングやってるから、筋肉あるよ」梅田が言った。

「じゃあ、竹村くん、やってくれる?」

「はい」

氷を作ることになった竹村であるが股間の膨らみがおさまらず、ソファーから立ち上がると、中腰で腰の引けた変な恰好になってしまい、股間の膨らみをごまかすために、「かき氷〜、かき氷〜、かいてもかいても、氷です〜」と即興で変な歌をつくって歌い、腰を前後に振りながら、かき氷機のレバーをまわしはじめた。

みんなは竹村の動きと歌に笑い転げた。

「ほらほら目玉、竹村くん、目玉も動かさなくちゃ」

姉ちゃんに言われた竹村は目玉を左右に動かし、腰を前後に振りながら、やけくそでレバーをぐるぐるまわしていた。

氷はどんどん削られ、お皿はまっ白な氷で一杯になった。

松岡はイチゴ、竹村はブルーハワイ、梅田はメロンを食べた。姉ちゃんは眺めているだけで、お腹が冷えるからと言って食べなかった。

三人は三色のシロップを全部食べると意気込んだ。競争して食べたりして、目の裏がツーンと痛くなった。

三色を食べ終わると三人はまた氷を削って、今度はシロップを混ぜて楽しんだ。色は汚くなるがブルーハワイとメロンを混ぜたのが一番美味しかった。しかし最終的に身体が冷えてぶるぶる震え出した。

姉ちゃんが笑いながら、「バカだなあ」と、毛布を一枚持ってきてくれ、三人で一緒にくるまった。姉ちゃんは震える三人の前で、テーブルに肘をついて微笑んでいた。

「ねえ、来週から夏休みだけど、松岡くんと竹村くんはどこか行くの？」

「おおれは、どどこも行かねえでです」

三人の中で、一番かき氷を食べた竹村は、冷たくなったベロの神経が麻痺して舌がまわらなくなっていた。

「松岡くんは」

「おれも予定はないです」

「じゃあさ、あたしたち来週の水曜日に一泊で熱海に行くんだけど、一緒に行かない？」

「アタミってどここ？」と竹村。

「伊豆でしょ、おれの母ちゃん釣りが好きだからさ、たまに行くよ」

「松岡くんのお母さん釣り好きなんだ」

「うん、月に二回は行ってる。スナックのお客さんと船借りて、休みの日とか」

「松岡くんは一緒に行かないの？」

「おれ駄目、行ったことあんだけど、船酔いして、げーげー吐いたから、それから行ってない」

「そうなんだ。でもさ、船は乗らないから、熱海行かない？」

「行こうよ」梅田が言った。

「あたし、松岡くんと竹村くんのお父さんとお母さんにも、電話するから」

「ははい。お、おれ行きたいな、ううみなんて、とととうきょうわんしか、見たこと、なないもん」

「伊豆の海はいいよ」

「ううん。いいきたいなな」

「でね、泊まるところはね、知り合いが、熱海にマンション持ってるからさ、そこ泊まれるし、マンションなのに、プールもあるし温泉もあるんだよ、凄いでしょう」

姉ちゃんは仕事に行く準備をしてくると、ほかの部屋に行った。しばらくすると胸元のあいたピンクのシャツに、ぴったりした白いスカートに着替え、お化粧をして戻ってきた。それはさっきまでの姉ちゃんであったけれど、違う人にも思えた。

「今晩は夜勤だから。朝、学校行くまでには帰ってくるけど、夜ご飯はひじき煮たのと、生姜焼きの材料、冷蔵庫に入ってるから」

「うん」

「そうだ、みんなも食べてったらいいんじゃない。弟の作る生姜焼き美味しいんだよ」

「食べてく？」

「食べたいな」

「でもな、おれ、これから、ボクシング行かなくちゃならないんだけど」

「じゃあ、なおさら食べていけばいいじゃない。竹村くん、さっきまで震えてたんだから、スタミナつけなくちゃ駄目よ」

「うん。でも、食べていくと練習、つらいんだよね」

「だいじょうぶよ、お肉食べたら、筋肉になっちゃうよ」

「そうですかね」

「そうだよ」

姉ちゃんが家を出ていくと、梅田は生姜焼きを作りはじめた。いつも料理をしているから手際が良く、タマネギを切る包丁さばきも見事なもので、松岡と竹村は台所で料理をする梅田を眺めながら感心していた。

出来上がった料理を居間に運んで三人で食べた。

「梅田凄いな、おれの母ちゃんより、うまい」

松岡が言った。これからボクシングジムに行かなくてはならない竹村も、「うまい、うまい」と食べ過ぎてしまい、腹を抱えゲップをしながらボクシングジムに向かった。

満腹になって家に帰った松岡が、自宅のスナックの扉を開けると大音量でカラオケが聴こえてきた。

「あんた、ご飯食べるでしょ、焼うどんでいい?」カウンターの中の母が言った。

「食べてきたよ」と大声で答えた。カラオケがうるさかった。

「え?」

松岡はカウンター席にまで行った。

「梅田んところで食べてきた。梅田が生姜焼き作ってくれた」

「あれまあ梅田くんのお姉ちゃんに?」

「違う梅田が作ってくれた、姉ちゃんは仕事に行った」

「梅田くん、料理作れるんだ」

「美味しかったよ」

「なんだか、あんた梅田くんとこに世話になりっぱなしじゃないの、この前もデパートで暴れたとき、お姉さんに迎えに行ってもらったしさ。お礼しなくちゃね。お姉ちゃんなにが好きなんだろう。今度聞いておいて」

「うん」

「どら焼き、好きかな?」

「知らないよ。でさぁ、梅田、夏休みに熱海に行くんだって、でね、お姉ちゃんが、おれと竹村も連れてってくれるって言ってんだけど、行ってもいい?」

「熱海?」

「うん、梅田の姉ちゃんの知り合いのマンションがあるからそこ泊まるんだって」

「そうなの。でもいいのかしらね」

松岡は二階に上がって風呂に入った。

ボクシングジムに行った竹村は、腹の膨れが治まらず気持ち悪くなりながらトレーニング着に着替えていた。

竹村はボクシングの素質があって、トレーナーの田村さんにも気に入られ、本格的に仕込めばいい線まで行くと期待されていた。だからその期待のぶんトレーニングは厳しく、三ラウンド、ミット打ちをやったあと、竹村は食べた生姜焼きを吐いてしまった。


梅田の姉ちゃんが直接それぞれの親に連絡をしてくれたので、夏休みがはじまって一週間後、松岡も竹村も熱海に行けることになった。

熱海に行く当日、竹村の父ちゃんは世話になるからと、自分のタクシーで東京駅まで送ってくれ、松岡の母から預かっていた金と自分の金を梅田の姉ちゃんに渡そうとしたが、彼女は「自分が誘ったのだから、もらえません」と、頑なに受け取らなかった。そこで竹村の父ちゃんは東京駅から後楽園に行き、その金を全部馬券につぎ込んでスッてしまい、夜、松岡の母親のスナックに行くと、しこたま怒られた。

四人は東京駅から熱海に向かう東海道本線に乗り、対面シートに座った。松岡も竹村も梅田も、はしゃぎだしたい気分であったが、あまりにも嬉しくて、どのようにはしゃいだらいいのかわからなくなった。

横浜駅でシューマイ弁当を買って車内で食べた。電車の中で弁当を食べている乗客はいなかったので、あたりにはシューマイのニオイが漂った。

小田原を過ぎると海が見えてきた。東京湾以外の海をはじめて見る竹村は興奮した。

「海だぁ海だぁ海だぁ」

さっきまで大人しくしていた竹村は何度も叫んで、松岡に「うるせえ」と言われた。

「だって海だぞ」

天気がよかった。海の表面は銀色に光っていた。

「同じ海なのに、東京湾と全然違うじゃねえかよぉー」

「やっぱ海はいいよね、姉ちゃんも興奮してきちゃった」

竹村は窓を開けて、「じゃあみんなで叫ぼう」と言って、四人は窓から顔を出して、「ドワー」

「あーっ」と意味もなく叫んだ。

隣りの対面シートに座っていた家族が怪訝そうな顔をしてこちらを見ていたので、姉ちゃんが「うるさいですね。すみません」と謝った。

熱海に着いて駅前でタクシーをひろい、温泉街を抜けて姉ちゃんの知り合いの持っているマンションへ向かった。

そこは丘の斜面に立っている豪華なリゾートマンションで、中庭にプールがあり地下には温泉の大浴場があった。フロントで鍵を受け取りエレベーターに乗った。エレベーターは斜面に沿って斜めにのぼるケーブルカーみたいな構造で、全面ガラス張りで向こうのほうに海が見えた。

「すげえ、海だよ、すげえよ！」

竹村の興奮はおさまる様子がなかった。

マンションは海からは少し離れているので、今日は海に行かずマンションのプールで遊んでもらおうと思っていた姉ちゃんは、あまりにも興奮する竹村を見て申し訳なく思ってしまった。

「あのさ、竹村くん、海は明日行くから、ごめんね」

「うん、いいよ。おれ海で泳いだことないからさ、実はちょっと怖いよ、海で泳ぐの。だから今日海を見て慣れておきます」

部屋に入ると広いリビングの大きな窓からも海が見えた。三人はひと息つく間もなく、すぐさま水着に着替え、中庭のプールに向かった。姉ちゃんは部屋にいるから夕方には戻ってくるように言った。

プールは太陽が反射してまぶしかった。三人が一気に飛び込み水しぶきが空にはじけていった。水から顔を出してマンションのベランダを眺めると、姉ちゃんが手を振っていた。三人も水面をバシャバシャさせながら大きく手を振って返した。

二五メートルプールを泳いで競争した。負けた奴が、姉ちゃんからもらった小遣いで、ロビーの売店までポップコーンとコーラを買いに行く賭けをした。

一位は梅田だった。梅田は岐阜に住んでいた幼稚園の頃から親が亡くなるまで、水泳教室に通っていて泳ぎが得意だった。二位は松岡で、運動神経は良かったが竹村は泳ぎが下手だった。

負けた竹村はコーラとポップコーンを抱えて持ってきた。三人はプールに入りながらコーラを飲んだ。普段は駄菓子屋のチェリオばかり飲んでいた三人であったから、コーラは大人の味がして、味覚が違う領域に行ってしまうような気がした。

「やばいよ、もうチェリオ飲めなくなっちゃうかもしんねえよ」竹村が言った。

プールの中での飲食は禁止なのだが、ポップコーンも食べていた。監視員は水着の若い女性を口説いていた。

調子に乗ってふざけていた三人はポップコーンをプールにぶちまけてしまい、水面にポップコーンが漂った。三人は、「きたねえ、きたねえ」と言いながら、「カエル食い」と称して、水面に浮かんだポップコーンをペロッと食べる競争を始めた。「三個食った！」「四個食った！」「七個食った！」。同時にプールの水も大量に飲み込んでいたので大変不衛生であった。

監視員が気づいたときにはプール全体にポップコーンが広がっていた。三人はカエル食いをやめて、知らぬ顔をした。

網を持ってきた監視員はぶつぶつ文句を言いながらポップコーンを掬った。このガキ三人がぶちまけたのだろうと思っていたが、現場を見ていなかったので怒るに怒れなかった。

松岡も竹村も夏休みの予定はこの先なんにもなかったから、今日一日で夏休みのすべてを遊びきってしまおうといった勢いで泳いではしゃいだ。

水につかり続けた三人は、夕方になると真っ赤に日焼けして、身体はふやけ、ヘトヘトになって部屋に戻った。

数時間ぶりに戻った部屋の居間には知らない男がトランクス一丁でソファーに座りビールを飲んでいた。いかついい体躯の男で、窓から差し込む夕日に上半身の汗が光り、腕から腹にかけて刺青があった。

松岡と竹村は、その刺青模様に見覚えがあった。それは花札の花見の絵で、ヘソのあたりに寿と書いてある猪口の刺青もあって、「花見で一杯」という花札の役になっていた。

「この人は重岡さんで、このマンションを持ってる人なの」

姉ちゃんが言った。

「こんにちは」

重岡の声が低く部屋に響いた。

「松岡くんに竹村くんだね」

「こんにちは」二人は口を揃えて言った。

「プール楽しかったか?」

「はい」と松岡が答えた。

重岡は梅田のことを知っている様子だった。

「おまえは、元気だったか」

「はい」

「ちょっと大きくなったか?」

「はい。たぶん」

梅田は緊張している様子だった。

「でもって、君は、名前なんだっけ?」

「竹村です」

重岡は水着姿の竹村の上半身を見て、

「竹村くんは、なんかスポーツやってるの」

「ボクシングです」

「ボクシングか、いいねえ、チャンピオン目指してるのか」

「まあいちおう、チャンピオン目指してます」

「いちおうじゃ駄目だろ」

「はい、目指してます」

「うん。で、君は」

「松岡です」

「松岡くんも、背が大きいけど、なんかやってるの？」

「おれは、なんにもやってません」

「松岡は、歌がうまいんです」

竹村が横から口を挟んだ。

「そうなのか？」

「はい」

「じゃあ、あとでスナック連れていくから、歌ってくれよ」

梅田は、さっきまでプールであんなにはしゃいでいたのに随分大人しくなってしまい、突然便所に行ってしばらく出てこなかった。

重岡が街で晩御飯をごちそうしてくれるということで、三人は服を着た。

マンションの下には黒塗りの大きな車が停まっていて、真っ黒なサングラスに赤いアロハシャツを着た、柄の悪そうな男が運転席に座っていた。

車がマンションの駐車場を出ると、山の斜面からは街の明かりが見えた。

重岡は鉄板焼レストランに連れていってくれた。赤いレンガの壁の店で、鉄板のあるカウンターに並んで座ると、料理人が目の前で炎を出しながら肉を焼いてくれた。

「火だ火だぁ」

炎を見て竹村が興奮した。

「君は火が好きなのか?」重岡が訊いた。

「はい。火は凄いですね。いいもんです。気持ちまで燃えてきますから」

「放火魔とかになるなよ」

皆は笑った。

「じゃあさ、もっと炎を出してやってくれないか」と重岡が頼むと、

「もっとと言われても」と料理人は困った顔をした。

「ブランデーをぶっかければさ、炎がバーっと出るんだろう」

「そうですけど」

「やってみてよ」

「はい、じゃあ」

重岡の威圧感に断りきれない料理人は、肉に大量のブランデーをかけた。先ほどよりも大きな炎が上がって興奮した竹村であったが、料理人はまつ毛が燃えて、ばつが悪そうに目をこすっていた。

梅田は相変わらず浮かぬ顔をしていたので、竹村は彼の背中を叩き、「ガオーッ」と吠えて、

「なあ、口から、あんな火が出たら、怖いものなしだな」と言った。

するど重岡が、ガスライターをポケットから取り出して口に持っていき、なにやらもぞもぞやると、口の前でライターを着火させ、突然、炎を吹き出した。

松岡と竹村は驚いて呆気にとられた。黙っていた梅田も目を丸くしていた。

「ちょっとぉ、重岡さん、火傷しちゃうよ」姉ちゃんが言った。

「だいじょうぶだよ、すげえだろ」

重岡は得意げだったが、目の前の料理人は迷惑そうな顔をしていた。

肉はとんでもなく美味しかった。こんな柔らかくて旨味のあるものを食べたことがなかった松岡と竹村は、普段食べていた肉はダンボールだったのではないかと思えた。

プールの中で飲んだコーラといい肉といい、今日一日で味覚が変調してしまった自分が恐ろしくなり、もう母ちゃんの作った焼うどんは食べられないかもしれないと松岡は思った。

元気のなくなってしまった梅田は、肉を全部食べられずに残していた。すると姉ちゃんが気にして、

「たくさん食べなくちゃ駄目だよ」と言った。

「そうだよ、おまえの友達は、ライオンみたいに肉食べてるじゃないか」と重岡が言った。

「いや、でも、お腹一杯です。竹村くん食べる?」

梅田が訊くと、竹村は、「ガオー」と梅田の残した肉を平らげてしまった。

それから重岡はみんなをスナックに連れていった。松岡のカラオケがどのくらいなものなのか、少し訝しく思っていた重岡は、なにか歌ってくれと頼んだ。

松岡は「東京ブギウギ」と「港町ブルース」と「夜霧よ今夜も有難う」を歌った。

子供らしくない選曲にも驚いたが、その歌のうまさに重岡もスナックのママもホステスも度肝を抜かれた。

「松岡くん、プロにならねえのか?」

「プロになるかは、わかんないですけど」

「プロになれよ。つうか、もうプロだよ」

「はあ」

「すげえぞ、こりゃ。将来のボクシング世界チャンピオンに、プロの歌手がいるんだから。で、おまえはどうすんだ将来、なにになりたいんだ」

重岡は梅田に訊いた。

「ぼくですか……」

「ああ。どうする?」

すると、竹村が、

「梅田は料理が上手いからよ、料理人がいいんじゃないの」

「料理人か」

梅田は静かにうなずいた。

重岡になにを飲んでもいいと言われた松岡と竹村は、すでにコーラを五本飲んでいた。

「もうコーラなんて飲めねえよ」

竹村がゲップをした。

「汚ねえぞおまえ」と松岡もゲップをした。

スナックを出たのは夜の十時過ぎで、姉ちゃんと重岡はまだ寄るところがあるからと熱海の街に消えていき、三人は黒塗りの車に乗って赤いアロハの男にマンションまで送ってもらった。

マンションに戻った三人は地下の大浴場に行った。梅田は重岡と別れると明るさを取り戻していた。風呂に浮かびペニスを水面から出してつかみ合う、チンポ島取り合戦という遊びを考え、夢中になっていた。

島取り合戦も一段落して部屋に戻ると、今度は布団の上にどんぶりを置いて、チンチロリンを始めたが、三人の疲れと眠気はもう限界に達していた。サイコロを振っても、どんぶりの外に出てしまう「しょんべん」を何回も繰り返した。

あげく竹村は「シゴロ」という、四五六の目を出す大きな役が決まった瞬間に、どんぶりに顔を突っ込んで眠ってしまい、松岡も梅田もバタバタ気絶するように眠った。

寝ぞうが悪い三人は、転がって、重なり合うようになって寝息をたてていた。

夜中に玄関で「帰ってきたよー。帰ってきましたよぉ」と大きな声がして、姉ちゃんが酔っぱらって帰ってきた。

姉ちゃんはバタバタ足音を立てながら、「おーい」と襖を開けたが、熟睡している三人は目を覚まさなかった。

波にうちあげられた魚みたいに重なり合っている三人を見て、姉ちゃんは微笑んで、酒臭い息をはきながら、そのかたまりに重なって一緒に眠った。

危険な赤いパーマ

熱海二日目の朝、松竹梅の三人は、二日酔いの姉ちゃんを置いてビーチに向かって歩き出した。泊まっていたリゾートマンションからビーチまでは車だとすぐだったが、山道を歩いて下ると三十分くらいかかる。

姉ちゃんは昼頃にタクシーで海までやってきて、海の家でビールを飲みながら寝ていた。松竹梅はふやけるほど海に入り続け、夕方、熱海駅から東海道線に乗った。シートに座り電車が動き出すと三人はすぐに眠ってしまい、東京駅で姉ちゃんに起こされた。

目を覚ますと東京は湿気ったニオイがした。半分寝ぼけたまま地下鉄に乗った竹村は、真っ黒な車窓を眺めながら海を思い返していた。彼は海で泳いだのは今回がはじめてだった。しょっぱい海に浮かんでいるときは、生きているだけでじゅうぶんだという気がしていたが、こうして地下鉄の車窓を眺めていると虚しくなってきた。

家に帰っても海のことばかり考えていた。すると父ちゃんが、「人間の身体の何十パーセントかは塩水だから、汗、しょっぱいだろう、だからおまえの身体自体が海みたいなもんなんじゃねえの」と言うので、無性に汗をかきたくなり、トレーニングウェアに着替えて、ランニングをしにいった。

走り出すと夏の夜の重く湿気った空気が身体にまとわりついて、全身から汗がすぐに吹き出した。Tシャツやパンツがびしょびしょに濡れはじめ、「海だ、おれは海になっている」と思うようにした。このまま汗をかき続けて、汗に溺れてしまいたいとも考え、走りながら目を閉じて海に浮かんでいる自分を想像していると、車道と歩道の段差で転んで膝を擦りむいて血を流した。痛かったので地べたにしばらく座っていたが、汗まみれが嬉しくて笑顔がこぼれてきた。自分は今、海からあがってきたのだと考え、汗で濡れた腕をおもむろに舐めると、そのしょっぱさで竹村の頭の中には海が一気に広がった。

無心で自分の腕の汗を舐め続ける姿は捨て犬のようだった。さらに家に帰って、寝る前に塩水を飲み、海の夢を見ようと試みたが、夢は見ることはできず、朝起きると顔がむくんでいた。どうしても海に行きたい竹村は、タクシー運転手の父親に懇願した。すると「休みの都合がついたら連れていってやるよ、熱海なら、伊東まで足のばしたら競輪もあるしな」と言われて喜んだ。

しかし竹村と父親の海行きは実現しなかった。

父親が休みの日、畳の上でゴロゴロ寝転がっていたので、「おい、海はいつ連れてってくれるんだよ、ダラダラしてんじゃねえよ」と竹村は言ってしまった。

「なんだ親に向かって」

「約束したじゃねえかよ」

「約束なんてしてねえよ」

父親も大人げないのだが、これで海行きの話は完全に流れてしまった。

こうなったら自転車で熱海まで行ってしまおうかとも思ったが、鬱憤を晴らすため、竹村は毎日ボクシングジムに通うことにした。そしてしたたる汗を舐めながら海のことを思い出していた。

おかげで夏休みが終わると筋肉がついていて、身体がひとまわり大きくなった。同時に反射神経も尋常ではないくらいになっていた。


梅田は夏休みの終わりに、姉ちゃんと二人で岐阜まで両親の墓参りに行った。墓は岐阜駅からバスで三十分くらいのお寺にあって、姉ちゃんの貯金で一年前に建てたものだった。

父や母に対する梅田の記憶は薄れてきていて、墓の前に花を供え線香に火をつけて立ちのぼる煙を眺めていると、父や母の思い出も煙に混じって消えていってしまうような気がした。

梅田の家族が住んでいた家は駅から墓に行く途中にあった。監視カメラの設置された高いコンクリートの壁が張り巡らされ、大きな門を入ると芝生の庭があり、池には鯉がいた。典型的な成金の大豪邸だった。

バスに乗っている途中、姉ちゃんが家のあった場所を眺めると、去年は更地だったのがパチンコ屋になっていた。梅田は気づいていなかったので、姉は黙っていた。

墓のある寺は幼稚園が併設されており、住職の奥さんが園長先生で、梅田はそこに通っていた。住職は梅田の両親が自殺したことや、もろもろの事情を知っていたし、葬式もこのお寺で行った。

墓参りを済ませた二人を住職は本堂の中に招き入れ、スイカをふるまってくれた。住職は若い頃、ギターを担いで各国を放浪していて、三十歳のときに前の住職であった父親が亡くなり、寺を継がざるを得なくなって、高野山に修行にいった。そんな人であったから物わかりがよく、姉ちゃんも吉原で働いていることなどあけすけに話していた。

「どう？　仕事は」

「順調です。でも身体がやっぱ疲れます。休みのときは寝てばかりで」

「肉体労働だもんね」

「住職も遊びにきてくださいよ」

「そう言われてもね」

「そうですよね。冗談です」

「行きたいのは、やまやまなんだけど」

住職はデレデレ笑いながら言った。

「でも本当に来ちゃったら、相手しますから」

姉ちゃんに屈託なく言われると、住職は顔を赤らめた。

「あ、ごめんなさい」

住職の奥さんが麦茶を持って入ってきた。

「東京、慣れた？」

「はい。友達もできました」

前回お寺に来たときは、梅田はイジメにあっている真っ最中だので、同じ質問をされたけれど嘘をついていた。

寺を出てから、二人は両親が亡くなったときに世話になった叔父の家に挨拶に行くことにした。叔父の家族とは折り合いが悪かったので、前回は挨拶もせずに帰ってしまったが、一応世話になったわけだし、最近はまったく音沙汰がなかったので姉ちゃんは少し気になっていた。

叔父は梅田の父である兄から金を借りてはいろんな商売に手を出していた。健康食品販売、マッサージ器具販売、建築資材の輸入、中古車販売。しかしすべて失敗して兄に尻拭いをしてもらっていた。

二人はバスを降りて住宅街を歩き、叔父の家に向かった。梅田は姉が下呂温泉にコンパニオンとして働きに行ってるとき、叔父の家族と暮らしていたが、いい思い出はなかった。叔父はいつも機嫌が悪くて、金の話ばかりしていた。叔母もなにかにつけて梅田の両親のことを「自殺なんてしちゃってさあ」と嫌味を言ってきたし、姉と同い歳の太った従兄も気が弱いくせに威張り散らし、梅田はこき使われよく殴られた。

叔父の家はあるにはあったが、郵便ポストに手紙があふれていた。インターホンのボタンを押しても鳴らないようで、ドアを叩いてみると、上のほうにあった大きなクモの巣が揺れた。姉ちゃんはクモが苦手なので「ギャー」と叫んでその場を離れた。

庭へまわってみたが、雑草ばかりが生い茂っていて、人の気配はまったくなかった。

「引っ越したのかな?」

「この感じだと、夜逃げかな」

「夜逃げって?」

「お金とかに困ってさ、逃げちゃうの」

姉ちゃんは両親のことを思った。なにも自殺しなくても、夜逃げをしてくれれば良かったのに。

それから姉ちゃんが昔働いていた岐阜駅裏の金津園のソープランドに挨拶をしにいった。梅田は姉がどのような仕事をしているのか知ってはいたが、店の中に入るのははじめてだった。

「あれっ、キミちゃんじゃない」

従業員が言った。

「え?　こっちに戻ってきたの?」

「いやお墓参りで」

男は梅田のことを見ると、「あれ？　そんな大きな子いたっけ？」と言った。

「違いますよ、弟ですよ」

「ああ、そうかそうか。こんにちは」

「こんにちは」

男は白いＹシャツに黒いベストの蝶ネクタイで、髪の毛にベタベタつけたポマードを光らせ、なんともいえないニオイが漂っていた。そのニオイを嗅いだとたん、梅田は強烈に父親の記憶が蘇ってきた。男のつけたポマードは父親が使っていたものと同じで、梅田は少し動揺してしまっていた。

「キミちゃんにそっくりだね、弟さん」

「そうでしょ」

ポマードのニオイで頭がクラクラして、梅田は視点が定まらなくなり、目の前にいる男が、父親の姿にダブって見えてきた。

「ちょっと、どうしたの？」

姉ちゃんに背中を叩かれて、梅田は我れに返った。

「え？」

「どうしたの？」

「お父さんが」

た。


「は？　お父さん？」

「なんでもない」

梅田は従業員の男の顔を見た。

男は姉ちゃんと梅田を招き入れてくれた。二人は靴を脱いで、ふかふかの絨毯の店内に上がった。

天井からはホコリっぽいシャンデリアがぶら下がり、壁はところどころヤニで黄色くなっていた。待合室には大きな水槽があって熱帯魚が泳いでいた。漂う空気は湿気っていてシャボンの匂いもした。梅田には、その湿気に寂しさみたいなものがへばりついているように思えた。

父親のつけていたポマードのニオイを嗅いだからなのかもしれないが、もし天国があって、自分の両親がそこにいるとしたら、そこは、このように少し湿気って、シャボンの匂いがするのではないかと思った。

姉ちゃんと梅田は、フロントの裏の扉から奥に通された。表はシャンデリアに絨毯なのに、裏は蛍光灯でリノニウムの敷かれた細くて薄暗い廊下が続いていた。奥に錆びて変色した鉄の扉があって、姉ちゃんがノックすると、「はーい」と声が聞こえ、扉を開けると、五人の女性がシュミーズやTシャツにパンツの姿で、テレビを観たり、寝転がって雑誌を読んだりしていた。その中に混じって煎餅を食べている小太りの中年女性がいて、姉ちゃんを見ると、

「あれえーっ、キミちゃんじゃないのぉー、キミちゃゃーん」

と嬉しそうに言った。

「タケヨさーん」

姉ちゃんが知っているのは、そのおばさんと、短パン姿で雑誌を読んでいるミチという女の人だけだった。ほかは姉ちゃんが店を辞めてから入ってきた娘だった。

「キミちゃん、いやだ、久しぶりじゃない」とタケヨさんが言った。

「お久しぶりです」

「なにぃ、またコッチに戻ってくる気になった?」

「いえ、お墓参りに来たんですよ」

「そうか、そうだよね、去年お墓建てたんだもんねキミちゃん。偉いよね」

梅田は知らない女の人だらけだったので、恥ずかしくて姉の後ろに隠れていた。

「あの、これ皆さんで食べてください」

姉ちゃんは駅のデパートの地下で買ったゼリーの箱詰めをタケヨさんに渡した。ほかの娘は、姉ちゃんを見て軽く会釈をした。しかしミチは、姉ちゃんを一瞥しただけで、また雑誌に目を落とした。タケヨさんは皆に、

「キミちゃんは昔ここの店で働いてたのよ、凄かったんだから、行列ができるくらい、売れっ娘だったんだから」と話した。

「言いすぎですよ、行列なんてできてないですよ」

「でも、本当に凄かったんだからね」

「凄いっていうか、営業妨害だった」

ミチが雑誌を読みながら言った。

「ミチちゃんだって、キミちゃんのおこぼれのお客さんに、あやかったりしてたじゃないの」

「あっ？　なにとぼけたこと言ってんのタケヨさん」

「とぼけてなんていないよ」

「いや、ミチちゃんだってお客さんたくさんついてましたよ」

ミチは姉ちゃんにそう言われると、姉ちゃんを睨んだ。

「なにそれ、嫌み？」

するとタケヨさんが割り込むように入ってきて、

「あたしなんて、キミちゃんをあきらめたお客さんのとこいったらさ、帰られちゃったこと何回もあったんだからさ。ちょっとキミちゃん、そんなところに立ってないでさ、こっちあがって、ゆっくりしてきなさいって」

「いや、挨拶に来ただけですから」

姉ちゃんはミチのことが気になっていた。

「挨拶なんて言ってさ、自慢しに来たんじゃないの」

ミチは姉ちゃんと同時期にこの店で働いていた。そのときは姉ちゃんの人気が凄く、ねたんでいたが、暫くするとミチはパチンコ屋を経営している男がブティックを持たせてくれると散々自慢して店を辞めていった。だがどういうわけか、ミチは控え室にいたのだった。

「挨拶だけでも嬉しいじゃない」

タケヨさんが姉ちゃんの手を握ると、後ろに隠れていた梅田が顔を出した。

「あれ、弟さんじゃない」

「こんにちは」

「こんな大きくなったんだ。何年生になった?」

「五年生です」

「あなたさ、東京に行く前に、わたしと一緒に焼肉食べに行ったの憶えてる?」

「いや、憶えてないです」

「なんだ忘れちゃったの？　薄情だな」

梅田はどうしてもタケヨさんのことを思い出せなかった。しかし姉ちゃんの仕事仲間と東京に行く前に焼肉を食べに行ったことは憶えていた。だが、一緒に行った人は、どう考えても、目の前にいるタケヨさんではなかった。

「でも、あたしあのときよりも二〇キロ太っちゃったからな」

「あっ思い出した」

「太っちゃってごめんなさいね」

「はあ」

「ストレスが多くてね、過食に走っちゃうのよ、過食、わかる?」

「わかりません」

「まあいいや、とにかく麦茶でも飲んでいきなさいよ」

タケヨさんは控え室に招き入れてくれようとした。

「いえ、あたしたち、本当に挨拶だけで、また今度ゆっくり」

ミチがチラっと梅田のことを見た。目が合うと、それまでむっつりしていたミチは少しだけ微笑んだ。

姉ちゃんはタケヨさんに、ソープランドのしきたりや、全身を泡だらけにして男の身体を滑る泡踊りなどを教えてもらった。いわば教育係であったが、東京に引き抜かれたときも、タケヨさんが店の人を説得してくれて円満に辞めることができた。本当はタケヨさんと近況などを話したかったのだが、ミチがいるのが気になって話すことができなかった。

タケヨさんは、フロントまで見送りにきてくれた。

待合室の熱帯魚の泳いでる水槽から、空気を送り込んでいる音がぶくぶくと響いていた。

「ミチちゃん、結局男に騙されちゃってさ、借金背負わされちゃって、店に戻ってきたんだよね」

「そうなんですか」

「キミちゃんも男には気をつけなさいよ」

「だいじょうぶです、あたしは弟がいるから」

「そうだよね。まだまだキミちゃんが弟さん面倒見てあげなくちゃいけないもんね。でさ、あなたが大きくなったら、今度はお姉ちゃんを面倒見てやるんだよ」

「はい」

「すみません、本当に挨拶だけで、そそくさと」

「いやいいのよ」

「タケヨさん今度、東京に遊びにきてくださいよ」

「そうね、でもあたしこれでも忙しくてさ、最近じゃほかの店にまで教えに行ってるのよ、泡踊り」

「タケヨさんの泡踊り、オリンピック選手なみですからね」

「アワオドリってなに？」

梅田が訊くと、口をひょっとこみたいに尖らせて、

「とんつくとんつくとんとんとん」

タケヨさんはリズムをとりながら、阿波踊りを踊ってみせてくれた。梅田は笑っていた。店にスーツを着たサラリーマン風の中年が入ってきた。しかしタケヨさんの阿波踊りと子供がいるのを見ると、踵を返して店を出ていってしまった。

「あっ、お客さん、お客さん」

従業員の男が声をかけたが、戻ってこなかった。

「タケヨさん困りますよ」

タケヨさんはフロントの中に入り、

「じゃあキミちゃん、また遊びにきてよ、今度はゆっくりね、焼肉食べに行こう」

「タケヨさんこそ暇があったら、東京に遊びにきてくださいよ」

「そうね、夏終わったら少し暇ができるかもしれないから、そしたら遊びに行ってみようかしら」


金津園を抜け駅に戻って歩いていると、小雨が降り出した。二人はその日、新幹線に乗って帰る予定だったが、姉ちゃんが「なんだか疲れちゃったね」と言うので、駅の近くのビジネスホテルに泊ることにした。

二人は部屋に入って少し休んでから、駅の近くの焼肉屋に行った。いつもならワイワイ喋ってご飯を食べる二人であったが、その日は無言で肉を焼き続けた。そしてニンニク臭いまま、ホテルに戻り、すぐに眠ってしまった。

梅田が岐阜に行った日、東京は猛暑だった。その日、松岡の母親は痔の手術のため入院することになっていた。痔は前から患っていたのだが、悪化してきて、くしゃみをしただけでも悲鳴が出るほど痛く、ある晩カラオケで歌っている最中にリキんで声を出したら、同時になにかが出てきてしまったような痛みが走って、どうしようもなくなり、手術をして切ることにした。

病院は竹村の親父に紹介してもらった。タクシー運転手は痔持ちが多いが、そこは運転手仲間でも評判のいい病院だった。手術は翌日に行い、病院で一泊することになっていた。

入院当日の朝、竹村の親父がタクシーで迎えに来てくれた。タクシーには竹村も乗っかっていて、降りると二階に上がっていった。松岡はまだ布団で眠っていたので蹴った。

竹村は松岡を起こしたものの、二人はすることがなかった。外に出ても暑いだけだったので、夕方まで、薄暗い一階のスナックで、カラオケをしたりして、うだうだと過ごしていた。

腹が減ったので夕方に外に出た。外はまだ暑かった。松岡は母親に、夕飯をどこかで食べるようにとお金を渡されていたので、浅草六区の裏にある食堂に行くことにした。

竹村はボクシングジムに行く予定であったが、松岡がおごると言うと、一緒についてきて、アジフライ定食を食べた。

店を出て浅草寺の裏を歩いていると、向こうのほうに、真っ黒のドーベルマンを連れ、パーマ頭を赤く染めた男が歩いてきた。夕陽に照らされてドーベルマンは黒光りしていた。男は黒いズボンに紫のタンクトップを着て、飛び出しそうな真っ黒の目ん玉でキョロキョロと辺りを睨みまわし、人を寄せ付けない雰囲気を漂わせていた。まるで犬のほうが飼い主で、男が犬みたいだった。

彼は林田といって、三人の小学校の先輩で中学二年生だった。うっすら髭を生やして大人っぽく見せようとしていたが、肌に張りがあって若々しく、ちぐはぐな感じがした。林田は小学生の頃から問題児だった。授業中に暴れたり、カツアゲしたり、同級生の家に行って親の財布から金を盗んだりとやりたい放題で、中学に行っても素行の悪さは酷くなる一方だった。石で先生を殴ったとか、体育館に放火したとか職員室にペンキをぶち撒けたとか、街でも何度も補導され、栃木の山奥の矯正施設に入っていると噂があった。更正したのかどうかは不明だが、こちらに戻ってきているらしい。

松岡や竹村も、もちろん林田のことを知っていた。普段、たいしたことでは動じない二人だったが、さすがに林田はまずいと思い目をそらしていた。一方林田は、なにかあればすぐさま因縁をつけてやろうと、ドーベルマンと一緒に目ん玉をあっちこっちにまわしていた。

このまま歩いていくと林田とすれ違うことになるので、松岡と竹村はさりげなく斜めに歩き出し、左に折れて、浅草寺裏を抜け言問通りに出る路地に入った。

「最近林田見なかったけどさ、ますますヤバくなってねえ?」

松岡が言うと、後方で犬の鳴き声がした。振り返ると、中年の外国人観光客夫婦が林田に睨まれていた。

学校が始まると、夏休み気分が抜けきらないほかの生徒を横目に、三人はあいかわらず休み時間は非常階段でチンチロリンをしていた。

竹村は、ほかの生徒が沖縄の海で泳いだとか、ハワイに行ったとか話しているのを耳にすると、悔しくてしょうがなくなり、来年は一人で自転車でもいいから必ず海に行こうと思った。海沿いを自転車で走り、砂浜で寝て毎日違う海で泳いでやろうと思った。

三人はあたりまえのように夏休みの宿題をやっておらず、そのまま出さないつもりでいたが、担任の半田がうるさいので、学校が始まってから三日間、梅田の家でドリルや自由研究をやり、日記を書き、読書感想文を書いた。

自由研究は、梅田の姉ちゃんの買ったかき氷機で氷を削り、その削れ具合を調べた。研究結果は、「早く削ると細かくなって、ゆっくり削ると、荒い氷ができる」だった。

読書感想文は梅田の姉ちゃんが読んでいた恋愛指南書を読んで、「恋なんてものは、めんどうなことばかりなので、しないほうがいいのだ」といったようなことを書いた。

日記は酷くて、三人がまったく同じことを書いた。松岡や竹村は行ったこともないのに岐阜のことを書き、梅田や松岡は通ってもないのにボクシングジムのことを書き、竹村や梅田は母親がいないのに、自分の母が痔になったことを書いていた。

どうせ半田は自分たちのことなんて興味がないから読みやしないだろうと思っていたが、実は半田、梅田の姉ちゃんに興味津々で、根がスケベなので日記をくまなく読み、三人とも同じなのはすぐバレて書き直しをさせられた。特に梅田は、細かく書くように指示された。

学校帰り、三人は非常階段のチンチロリンの清算をしに、婆さんが仏壇の前でお経ばかりあげている駄菓子屋に通った。

ある日、松竹梅は駄菓子屋の店先でチェリオを飲みながら、やっぱコーラよりもチェリオのほうが安心する、コーラは大人になってしまったような気がして、不安になってくる、でも大人になったらチェリオではなくコーラを飲むべきなのか、などなどと議論していた。すると、向こうのほうから赤いパーマ頭に白のタンクトップの林田が、ペタンコの黒い革靴でパタパタ音をたてながら歩いてきた。今回はドーベルマンを連れていなかったが、数人の手下がまわりにいて、周囲数メートルが治外法権のような空気を醸し出していた。

さらに林田は、シンナーでラリっていて、片手には透明の液体の入ったビニール袋を持ち、数秒置きに「ッホウ！」とか「ポーッ」と奇声を発しながら、片手を空に突き上げたり、身体をくるりとまわしたり、ペタンコの靴を擦りながら後ろ向きになって歩いていた。

どうも彼はマイケル・ジャクソンの真似をしているらしかったが、松岡や竹村にはただの奇行にしか見えず、かかわるとまずいので、目をそらしていた。しかし林田のことをまったく知らない梅田は、その異様な光景を凝視してしまっていた。

林田が、ちょうど駄菓子屋の前で、「ポーッ」と叫んで片手を空に突き上げクルッと回転したとき、梅田は思わず吹き出してしまった。気づいた林田は突然動きを止め、梅田のほうへ近づいてきた。ガムをかんだ半開きの口からはヨダレが垂れて野犬のようだった。

「おい、おいテメエ、なに笑ってんだよ」

林田はヨダレをすすりながら身を屈めて、自分の顔を梅田の鼻先まで持っていった。

「テメエ、笑ったろ、おい」

前歯が三本折れている。林田の口の中からはガムと口臭とシンナーが混じった甘ったるい嫌な臭いがした。徐々に恐怖が襲ってきた梅田は、状況のヤバさに身体を固めた。

「おう、えっ？　なんで笑ったんだ？」

梅田は恐怖で声すら出なくなっている。林田は持っていたビニール袋を投げ捨て、まだ中身が半分入っている梅田のチェリオの瓶を奪い取り、頭の上に振り上げて殴る素振りをした。瓶の中身はこぼれて腕をつたってオレンジ色の液体が流れると、林田はペロペロとそれを舐めた。

「ん？　なんだこの味は」と首を傾げ「オレンジか？」と言って再び舐め、「うん、オレンジだ」と納得した。

「でさ、おい、なんで笑ったんだ」

梅田は完全に固まってしまっていた。見かねた松岡が、この場を切り抜けなくてはならないと、間に入った。

「笑ってなんかいないよ、なあ梅田笑ってないよな」

充血する林田の目に睨まれて、梅田の目には涙すら滲みはじめていた。

「オメエにはきいてねえんだよ、こいつにきいてるの」

林田がチェリオの瓶で勢いよく梅田のことを指した。腕についたチェリオがしぶきになってあたりに飛び散った。

「でも笑ってねえもん。なあ」

「笑ってたんだよ」

「じゃあ、格好よかったからじゃないですか？」

「は？　なに？」

「格好よかったから笑ったんじゃないですか」

「格好いいのに、なんで笑うんだよ」

「変な声出してましたよね、あれとか」

「変な声？　あーっ？」

前歯が三本ないのを間近で見て松岡も笑い出しそうになってしまった。

「いや、格好よかったけど」

「なにが格好いいんだよ、答えてみろ」

「その歯のないのとか、面白いですもん」

「おもしろ？　面白いって言ったよなおまえ」

「言ってません」

「言ったじゃねえか」

「はい」

「これはな、親父に殴られて折れたんだよ」

「大変でしたね」

「つうか面白いってなんだよ」

「いや、面白いっていうか、その」

「なんならテメエも歯折ってやろうか？　そんでズボン脱がして、チンポの皮強烈に引っぱって、尿道にその折れた歯を、挟み込んでやろうか」

するとと黙っていた竹村が口を挟んできた。

「駄目ですよ、こいつのチンポ臭いから」

「は？」

「こいつのチンポ臭い」

「え？」

「皮引っぱったら、臭くて、気絶するよ」

「なに言ってんだ？」

「でもオメエのチンポも臭そうだけどな」

余計なことを口走ったと思った瞬間、チェリオの瓶が、竹村に向かって振りかざされた。しかし夏休み中ボクシングジムに通い続けていた竹村は、異様に反射神経が良くなっていたので簡単によけると、林田の顔面に、これも反射的にストレートを打ち込んでしまった。林田は目を丸くしながらよろけた。

それから林田の手下も入り乱れて喧嘩になった。小学五年生と中学二年生であったが、松岡は、林田の手下の数人よりは身体も大きくて、チェリオの瓶でなんとか応戦していた。竹村は林田に集中的にパンチを打ち込んでやろうとしていた。梅田はとにかく逃げ回っていた。

だが、中二と小五の体格や力の差はあきらかで、三人は羽交い締めにされて、ズボンもパンツも脱がされた。

「んじゃあ、おもいっきし引っぱってやるからよ、大人になって、使い物にならねえくらいによ」

すると駄菓子屋の婆さんが物干し竿を持って表に出てきた。

「ちょっとあんたら、中学生が小学生いじめて、情けなくねえのかい」

「コイツラが生意気なんだよ」

「なに言ってんだい、あんたなんか小学生の頃、毎日万引きしにウチに来てただろう、この子たちは万引きなんかしないでちゃんとお金払ってるよ、生意気はどっちだい。とにかくね、今警察呼んだから、もうすぐ来るから」

林田たちは警察という言葉を聞いて一瞬うろたえた。

「ババア、店放火しにくるからな、憶えておけよ」

林田たちはそそくさと去っていった。

駄菓子屋の婆さんは三人の姿を見て、「あんたたち、早くズボン穿きな」と吐きすてた。しかしズボンやパンツは林田たちが持っていってしまっていた。

「ズボン持っていかれちゃったんですけど」

松岡が言うと、婆さんは、「そうなの、しょうがないね」と店の脇に積んであったお菓子のダンボールを引っぱり出し、

「これ穿きな」

「穿くってどうやるんですか？」

竹村が訊くと、婆さんはダンボールの底を開け股間が隠れるまで手で持ち上げろと説明した。

「とっとと帰んな、そんな姿で店の前にいられれちゃ迷惑だよ」

「警察は？」

「そんなもん呼んでないよ、いちいち警察呼んでたら、おまわりさんもかわいそうだろう」

三人はダンボールを両手で持ち股間を隠しながら歩いていた。情けない仮装パレードのようで、すれ違う人は振り返って笑っていた。

しかし、そのうち慣れてくると、竹村は、

「これ、締めつけられる感じもないし、スースーして、いいね」

「ならおまえ、ずっとその格好でいろよ」

「だったら、上着も、ダンボールで作りたいな、そしたら、ロボットみたいじゃねえ?」

「じゃあ、ロボットになっちまえ」

「ロボットになりたいよ」

竹村は「ウィーンウィーン」と言いながら、首をカクカク左右に動かし、膝を曲げずに歩きはじめた。

それを見て梅田が笑っていると、松岡が、

「梅田、なんで林田のこと笑ったんだよ。おまえ確実に笑ってたよな。あいつ、本当にヤバいんだから。小学校の頃、鳥小屋のインコ焼いて食べちゃったんだぞ」

「だって、歯ないしさ」

するとと松岡も笑い出し、

「歯なかったね」

竹村も笑い出した。

「林田の親父って、捕まってるんだよ。家のスナックに来る常連さんが言ってた」

「なんで捕まってるの?」

「人を刺したとかで。あいつ兄貴もいてさ、三年前に死んじゃったらしいけど、死体焼いたら、骨がなくなっちゃったってよ」

「なんで?」

「薬のやりすぎみたい」

「じゃあ、骨なくても、しばらく生きてたってこと？」

「え？　そうなんじゃねえの」

「人間て骨なくても生きれるの？」梅田が訊いた。

「生きれるんじゃねえの。骨なんて、身体を支えてるだけだろ」

「骨なかったら、ゴムみたいに伸びるのかな？　でも、ゴムよりも、ロボットみたいなほうが格好いいよな、悩むところだけど」

血は流れているし、ズボンもパンツも穿いてない、ズタボロ状態の松竹梅であったが、どういうわけか、清々しい気分でもあった。一緒に戦って血を流したことで、連帯感が強まった気がしていた。

次の日、傷だらけで登校した松竹梅は、休み時間のチンチロリンそっちのけで、林田への復讐計画をたてていた。一学期は学校で声すら出せなかった梅田も、いつしか学校で喋れるようになっていた。

学ランを脱がして素っ裸で街を歩かせる。隅田川に落として東京湾まで流してしまう。花やしきのジェットコースターに裸でくくりつける。浅草寺の屋根からぶら下げる。場外馬券売場の前を馬で引きずる。真っ赤なパーマ頭を燃やしてしまう。いつも連れてるドーベルマンを狂犬病にさせて嚙ませる。

いろいろ考えたが、どれも実行に移せそうもなかった。そこで、とりあえず林田の行動を知るため林田を尾行しようということになった。

林田の家は三ノ輪のほうにあると聞いていたが、はっきりした場所がわからなかったので、三人は放課後に林田の通っている中学校に行き校門の見えるアパートのブロック塀の裏に隠れ見張っていた。しかしその日、林田はあらわれなかった。林田はあたりまえのように学校をサボっているが、いつかやって来るだろうと毎日しつこく張り込みを続けた。

五日目、帰る生徒の流れに逆行して林田が校門に向かってやってきた。赤かったパーマは金髪のリーゼントになっていた。林田は下校する生徒をとっつかまえてカツアゲを始めた。松竹梅は息を殺して、しばらく眺めていた。

数人の生徒からカツアゲすると、目的の額に達したのか、林田は学校を後にして歩き出した。

松竹梅はブロック塀を出て尾行を始めた。

林田は煙草屋に寄ってセブンスターを一箱買い、火をつけて歩き出した。

キョロキョロしながら落ち着きなく歩く林田は、どこに向かおうとしているのかまったく予測不可能で、突然道を曲がったり振り返ったりするため、松竹梅はいちいち電信柱や建物の隙間に隠れなくてはならなかった。

林田は言問通りの信号を渡り、千束通りの商店街を歩き、小さな本屋に入った。松竹梅は本屋の前で背伸びをしてガラス越しに中を覗いた。

林田はエロ本の棚をしばらく物色して、その中の一冊を手にすると丸めて肩を叩きながら平然と店を出てきた。店のおじさんは万引きに気づかなかったが、林田も万引きをしている罪悪感などまったくない様子だった。

その後、林田は商店街をそれて公園まで行くと、公衆便所に入っていった。松竹梅は公園の花壇に身を潜め便所を見張っていたが、林田は長い間、出てこなかった。

「うんこか？」

竹村は鼻くそをほじくりながら、

「覗きに行ってみようかな」と言い出したが、

「馬鹿やめろって」と松岡が止めた。

「便所の換気のところから覗けるかもしれねえよ」

「覗いてどうすんだよ」

「ん？　なんか弱点を握れるかもしれねえからよ、林田のうんこが小指くらいの大きさだとか」

「は？」

松岡があきれた顔をすると、竹村は小指を立てて「こんくらいのうんこ」と言って花壇を飛び出し便所の裏手にまわったが、換気口が思っていたよりも高いところにあって、覗くことができなかった。

そこで竹村は木にのぼって覗くことにしたが、枝にぶら下がった瞬間、林田が便所から出てきた。

物音を立ててこっちを見られてはまずいので、竹村は地面に降りられず、ぶら下がったままみの虫のような状態で耐えて動けなくなっていた。

便所を出た林田は煙草に火をつけ、また歩きはじめた。その背中を見送り、竹村はようやく木から降りてきた。そして、すぐに便所の中を覗きに行った。

花壇から松岡と梅田も出てきて便所に向かった。

「おいおい、なんだよこれ！」

便所から竹村の声が聞こえてきた。便所の床には林田がさっき盗んだエロ本が開いて置いてあり、逆さ吊りの裸の女性が赤いローソクをたらされていた。

「なんだ？」松岡が言った。

「拷問か？」竹村は少し興奮した様子だった。

「なんで拷問されてるんだよ」

「なんか悪いことをしたのか、この女の人」

竹村が鼻くそをほじくりだした。

「悪いことってなんだよ」

「万引き？」

「万引きでここまでされる？」

「やりすぎだね、万引きでここまでは。でもなんだろな、え？　どうなってんだろな」

そんな松岡と竹村とは対照的に、梅田が冷静な口調で、

「これはエスエムだよ」と言った。

「え？　なに？　なんだ？」と松岡。

「エスエム」

「食い物？」と竹村は素っ頓狂な顔をしている。

「こういうふうに、縄で縛ったり、ローソクたらしたりするの」

「なんだそれ」松岡は困ったような顔をしている。

「やっぱ、この女の人が、悪いことしたのか？」

竹村は鼻くそをほじくり続けていた。

「悪いことはしてないと思うけど」

「じゃあ、なんでわざわざこんなことしてるんだよ？」と松岡が訊くと、

「興奮するらしいよ」

「コーフン？」

「興奮」

「ああ、そうか興奮か、なるほど」と竹村は深くうなずいた。

「でも、なんでこんなことされて、興奮しなくちゃなんねえんだよ」

松岡は理解できない自分を少し腹立たしく思った。すると竹村が、

「いや、おれちょっと、わかるかもしんねえ、興奮するかもしんねえよ、確かに」

「なんだよそれ」

「でも、なんかいけないことって気もするけど」

「変態ってやつか？」

「え？　わかんねえけどさ、でも、なるほど、こういうのをエスエムっていうのかぁ」

竹村は写真を覗き込んで、さらに興奮しそうになる自分を押し殺していた。それは罪悪感のようなものでもあった。

「つうか梅田はなんで、そんなこと知ってるんだ」

「姉ちゃんから聞いた」

「え？　じゃあ、おまえの、姉ちゃんも、こういうことやってるの？」

松岡は、姉ちゃんがこんなことをしているのはイヤだと思った。

「姉ちゃんはやってないけど、たまに、そういう変態のお客さんが来るって言ってた。断るらしいけど」

「そうなんだ。それよっか、林田が逆さ吊りにされたほうがいいよな」と松岡が言った。

「そうだそうだ。ほかにはどんな拷問があるんだ？」と竹村は床のエロ本のページをめくろうとした。すると、なんだか白い液体が付着してベタベタしていた。

「アメーバーみたいのがついてるな」

「駄目だよ、そんなもん触わっちゃ！」

梅田が突然大きな声を出したので竹村は驚いた。

「え？　あぁ。そうなの、触わらないほうがいいのね」

「そういえば林田どこに行ったんだ！」

松岡が便所を飛び出した。三人はあたりを探しまわってから商店街のほうに戻ると、スーパーマーケットのガラス越しに林田の姿を発見した。

今度は林田、菓子パンと牛乳を万引きして、それを平然と食べながら店を出てきた。松岡は憎々しげに「あいつ、売り物は全部自分の物だと思ってるんじゃねえのか」と言った。

林田は商店街を抜けると大通りを渡った。

松竹梅は、近づきすぎてはまずいと信号を一回見送ってから、走って大通りを渡った。

林田は目的が定まったのか、キョロキョロせずに足取りを速め出した。林田が進むほどに街の色はくすみはじめ、空も低くたれこめているような気配で、あたりには澱んだ雰囲気のおっさんたちが目立ってきた。

コンビニエンスストアも普段目にするものとは様子が異なり、入口にはワンカップ酒のダンボール箱が積み上げられている。店の前では、あたりまえのように地べたに座ってワンカップ酒を飲んでいるおっさんたちがたむろしていた。林田は、その中の一人に声を掛けられ、しばらく話をしていたが、突然「うるせえ！　オメエには関係ねえだろう！」ともの凄い剣幕で怒鳴って、その場を去った。

松竹梅がおっさんたちの前を通ると周辺はアルコールのニオイが漂っていて、怒鳴られたおっさんは、のどにタンをからませながら、「あいちゅ、親父ぃがアレだからにょ」と言った。その口には歯がまったくなかった。

林田は木造住宅がみっちり建ち並ぶ区域を歩き、その中の一軒に入った。松竹梅は対面にあるゴミ捨て場の、ゴミ袋の山に隠れた。

林田の入っていった家は木造二階建ての建物で、一階部分は車庫になっていて、赤い乗用車が両壁ギリギリにピッタリと停めてあった。車は乗っていないのかホコリをかぶり、フロントガラスは汚れて曇っていた。

林田は車と壁の隙間を抜けて石段を上がり、ガラガラ扉を開けた。

「林田ん家かな?」

竹村が言うと、家の中からは犬の鳴き声が聞こえてきた。

「なんか、この家、傾いてねえか?」

松岡は目を細めながら家を眺め、竹村と梅田も手でひさしを作り目を細めて家を眺めた。

建物はあきらかに傾いていて、二階の欄干には洗濯物が干してあったが、すべて左側に寄って束になっていた。眺めている三人は身体がななめになっていった。

家の中では犬の鳴き声が大きくなっていた。林田がいつも連れているドーベルマンなのだろうか? さらに男の怒鳴り声も聞こえてきた。もの凄くドスの利いた声で、遠くで聞いているだけでも小便をちびりそうなくらい迫力あるもので、少し恐くなってきた松竹梅はゴミ袋の山の裏で身体を寄せ合って固まった。

響きわたる男の怒鳴り声、犬の吠える声にまじって声変わりをしはじめた林田の甲高い声も聞こえてきた。

「バッキャロウ」

「生意気だぞテメエ」

「うるせえ！」

「テメエ表に出ろ」

ガラガラ扉が開いて、飛び出してきた林田が車の屋根を転がった。

「なにすんだテメエ」

大きな男がランニングにステテコ姿で出てきた。

男は暑くもないのに団扇で自分のことを扇ぎながら車の屋根の上に転がる林田に、

「オメエは、ここに戻ってくるな、どこか外で寝ろ」

「ここはおれん家じゃねえか」

「じゃあ、今日から、おまえの家じゃねえからよ」

ドーベルマンも出てきて扉のところで吠えはじめた。すると男は、「ウルセエ、黙ってろ！」と、ドーベルマンのわき腹を蹴り飛ばした。ドーベルマンは「キュン」と鳴いて静かになり、身体を小さくした。

「犬可哀想じゃん」竹村がつぶやいた。

林田が、「タロベエを蹴るんじゃねえよ」と怒鳴った。

それを聞いて竹村は思わず吹き出してしまった。松岡と梅田も笑いをこらえながら口を押さえた。

「タロベエだかなんだかしんねえがな、こんなボロ家で、ドーベルマン飼ってるのがおかしいんだよ！」

男のドスの利いた声で、「タロベエ」と言われると、三人はさらにおかしくなって身体をふるわせ、ゴミ袋がワサワサ音を立てた。

「親父が戻ってきたらただじゃすまねえぞ」

「は？　なに言ってんだ？　オメエの親父はもうこの家には戻ってこれねえよ」

男は林田の転がっている車の屋根の上に飛び乗り、ボスンと屋根のへこむ音が響いた。同時に階段をドタドタ降りてくる音が聞こえ、扉の向こうから痩せたオバサンが出てきた。

「ねえぇ、もうさぁ、やめなよ」

オバサンはシュミーズみたいな下着姿に、テラテラのジャンパーを着て裸足だった。声はガラガラで指には煙草が挟まっていた。

「ねえ、そんなところに乗っかっちゃってさあ、車、駄目になっちゃうじゃなぁい」

オバサンは酔っぱらっているのか、ふらふらして呂律がまわっていなかった。

「こんな車、ゴミと変わらねえだろ。オメエの馬鹿旦那が鍵なくして、動きゃしねえじゃねえか」

「ゴミ、っひゅ、っはっはっは、確かにそうだね、ひゅるひゅるる」

オバサンは突然笑い出した。同時に喉の奥になにか詰まっているのか、「ひゅるひゅる」とトンビの鳴き声のような音が聞こえてきた。

「ゴミつっちゃあ、ゴミだね、はっはっは、ひゅるるるる」

その後、何回か咳き込んで、煙草を吸って煙を吐き出し、また咳き込んだ。すると男が、

「いいこと考えた。なあ、おまえ、これから、この車で寝ろ」

「車なんかで寝ねえよ」

「鍵ないから、開かないじゃない、ひゅるるる」

「んだからよ、いいこと考えた」

男は屋根からボンネットを歩いて外に出て来ると、家の前の植木鉢の下に置いてあるコンクリートブロックを手に持ち、突然、車のフロントガラスに投げつけた。

「おい、なにしてんだよ！」林田が叫んだ。

フロントガラスにはヒビが入ったがすぐには割れなかった。男はボンネットに飛び乗り、ブロックを持ち上げて何回もたたき落とした。ニタニタ笑いながら、破壊することが楽しくてしょうがない様子だった。

「やめろよ！」林田が叫んだ。

「やめられないよっ！」

煙草を吸うオバサンは、そんな男を眺めながら、「ひゅるひゅる」笑っているだけだった。

男はブロックを高くかかげると原始人のような雄叫びをあげ、フロントガラスに最後のトドメを落とし、粒になったガラスが車内に散らばった。

「おい、おめぇ。馬鹿野郎！　なんてことすんだ」

怒鳴った林田は涙声になっていた。

「ほーら、ここがオメエの家だ！」

男は踵で端のほうにこびりついたガラスを蹴散らした。

オバサンは、この一部始終がまるでなかったことのように、平然と煙草の煙を吐き出しながら、ひゅるひゅる奥へ消えていった。

「さあ、今晩から、おまえはこの中で寝ろ！」

男が高笑いしながら車の屋根をつたい家の中に入ろうとすると、林田が殴りかかりにいった。

しかし簡単にかわされ、逆に足払いをされ、よろけた林田は背中を蹴り飛ばされた。

林田はアスファルトの地面に転げ落ちたがすぐに立ち上がり、ボンネットに飛び乗って男の足を引っ張ったが、今度は顔面を蹴り飛ばされ、再びボンネットを滑り落ちて地面に倒れて伸びてしまった。

男は笑いながら家の中に入っていった。

家の中からドーベルマンが出てきて倒れた林田の脇で心配そうにクンクン鳴いていた。

松竹梅は無言でその場を後にした。大通りまで会話もなく、信号を渡ると竹村が鼻くそをほじくりながら、

「あいつ大変だな。あれ親父かな?」と言った。

「でも林田の本当の親父って、刑務所入ってるんだろ」

「じゃあ、あの人は誰なんだよ?」

「お母さんの恋人じゃねえの。つうかあれも本当のお母さんなのかな? だって、自分の子供があんな目にあってたらさ、止めるよな普通」

「普通じゃねぇよ」

「家族構成がよくわからなくなってきちゃったんだけど」

梅田が首をかしげる。竹村は相変わらず鼻くそをほじくりながら、

「お父さんが、本当のお父さんじゃなくて、お母さんも、本当のお母さんじゃなくて、林田は誰の子供でもないってこと?」

「いや、お母さんは、本当のお母さんなんじゃねえの。だって、そしたら、あの家住んでるの、みんな他人になっちまうだろ」松岡が言った。

「共同生活してるってこと?」

梅田が言った。

「そうなのかな。でも、あれは、やっぱ林田のお母さんだよな。どことなく顔も似てるしさ」

松岡もよくわからなくなっていた。

「すると家族じゃない家族ってことか」

と言って竹村は鼻の穴に突っこんだ指をグリグリまわした。

「つうかオメエ、今日鼻くそほじくりすぎだぞ！」と松岡が言った。

「今朝からこびりついてるのがあって、なかなかとれないんだよこれが」

「また鼻血出ちゃうよ」

梅田が心配そうな顔をする。

「鼻血出てもいいから、とりたいの、気になるの。ていうか、そもそも、なんで林田のこと尾行してたんだっけ？」

「鼻くそほじってると、記憶が飛んでいくんじゃねえの？」

「そうなのかな。それはまずいな」

竹村はほじくる指を一瞬止めた。

「だから、この前、ズボンもパンツも持ってかれちゃったでしょ、駄菓子屋でチェリオ飲んでたら」と梅田が言った。

「おまえ本当に忘れちゃったの？」

松岡はあきれたのを通り越し、腹立たしさを覚えていた。

「いや、思い出した」

「だいじょうぶか頭?」

竹村は、また鼻くそをほじくりはじめた。

「おい聞いてんのかよ。頭、だいじょうぶか?」

「え?」

「ボクシングで頭、殴られすぎなんじゃねぇのか。そういうの、なんて言うんだっけ?」

「パンチドランカー」

「それだよ、おまえ」

「いや、それになるには、まだ早い。ん? んん?」

竹村はかなり奥まで鼻の穴に指を突っ込んでいた。

「ん? んんん?」

そして指を勢いよく引っこ抜き、

「あっ、あっとれたとれた!」と笑顔で自分の指を見て、

「こいつが、朝からこびりついてたんだ」

喜んで指についた鼻くそを松岡と梅田に見せた。

「見せるなよ。気持ち悪いじゃねえかよ」

竹村は鼻くそを指で弾いて、

「んで、なんだっけ? でもって、仕返しどうすんだっけ?」

「もう、いいんじゃないの」

梅田が言うと、三人は再びしんみりしながらそれぞれの家に帰っていった。

次の日から松竹梅は林田を尾行するのをやめ、いつものように学校でチンチロリンをしては、放課後に駄菓子屋に寄って清算する生活に戻っていた。

駄菓子屋の婆さんは、接客しているとき以外は相変わらず仏壇に向かってお経を唱え団扇太鼓を叩いていたが、仏壇は以前のものよりも大きくなっていて、婆さんの身体の二倍くらいはあった。

竹村は婆さんが便所に行っている隙に仏壇の前に立って、「これ、やっぱ前のよりもデカくなってるよな」と言いながら扉を開けたり閉めたりしていた。すると便所から戻ってきた婆さんに「なにやってんだぁおまえ！」と、もの凄い剣幕で怒鳴られ、太鼓のバチで頭を叩かれ、あげく仏壇の拭き掃除をやらされた。

最近のチンチロリンは梅田がやたら勝っていた。梅田はサイコロの振り方も慣れ、良い目をどんどん出してくる。一方、松岡と竹村は負けが込んでいた。

話を聞くと、梅田は家で姉ちゃんともチンチロリンをやっているらしく、自分よりも姉ちゃんのほうが強いと言う。そこで松岡と竹村は梅田の姉ちゃんの仕事が休みの日に、梅田の家でチンチロリン大会を開いた。

姉ちゃんが勝ったら、マッサージ一時間。松竹梅が勝ったらお好み焼きをおごってもらう。といった条件で勝負を始めた。

確かに姉ちゃんは強かったが、スカートを穿いているのに立て膝でサイコロを振るので中の赤いパンティーが丸見えだった。それで松岡と竹村は勝負に集中できずに、どんぶりからサイコロが飛び出して無効になってしまう「ションベン」を何回もやり、結果、姉ちゃんの大勝ちで、松竹梅は一時間みっちりマッサージすることになった。

「さあ、よろしくお願いしますよ」

そう言って床にうつ伏せになった姉ちゃん。

三人は二十分交代でマッサージをすることになった。最初は梅田で、梅田はいつも姉ちゃんにマッサージをしていたので手慣れたものだった。

しかし松岡と竹村は姉ちゃんの背中に乗ると、いい匂いはするし、姉ちゃんが、「もっと腰の下の、お尻のところおねがーい」と指示を出してくるので興奮してしまいマッサージどころではなかった。

そんなことはつゆ知らず、姉ちゃんは寝息を立てはじめた。勝負には負けた松竹梅であったが、マッサージしてくれたお礼ということで、その夜、姉ちゃんにお好み焼屋に連れていってもらった。

林田の尾行をやめてから二週間くらい経ったある日、いつものように松竹梅が駄菓子屋の店の前の地べたに座ってチェリオを飲んでいると、林田が通りかかった。

林田はこちらをチラッと見てきたので三人は身構えたが、林田の姿を見て驚いた。彼の顔面は金魚鉢みたいに膨らんでいて、目が細くなっていた。学生服は薄汚れていて、髪は金髪に染まっているのは先っぽだけで、根元から生える黒い髪のほうが長くなってボサボサだった。

こっちに気づいて睨んできた林田ではあったが、珍しく三人を無視して歩いていってしまった。その背中は疲れきっているようだった。

「あれ殴られたんだよ。ボクシングだと最終ラウンドまで戦って、ボロボロに負けた顔だよ」

「あの男に殴られたのかな」

松岡が言った。

「あいつ、あれから本当に車の中で生活してるのかもよ。服も汚かったし、髪の毛もボサボサだったろ」

「ちょっと尾行してみるか」

松岡が立ち上がると、竹村、梅田も続き、三人は駄菓子屋を後にした。

林田は学校に向かい校門でカツアゲをはじめた。中には「これは塾の月謝だから」と泣きながら一万円を奪われていた者もいた。

「カツアゲで家でも建てるんじゃないの」と竹村が言った。

数人から金を巻き上げると、林田は千束通りの商店街に入っていった。そして洋品店の表の棚にあったトレーナーを万引きして、ジーンズショップに入ってジーパンを万引きした。

それから裏通りを抜けて公園の便所に入った。

「今日はエロ本盗んでねえぞ」

竹村が言うと、林田はすぐに出てきた。

林田はジーパンにトレーナー姿になっていて、今脱いだ服を抱えながら、公園のゴミ箱を漁りはじめた。

「乞食になっちゃったのか?」

竹村が驚いた調子で言うと、ゴミ箱からビニール袋を探り出し脱いだ服をそこに詰め込んだ。

林田の着ている万引きした赤いトレーナーは、婦人服だったらしく、紫のアジサイの花がプリントされていて、金の糸でBeautifulという文字が刺繍されていた。林田はトレーナーの裾を持って眺めたが、大して気にする様子もなく、また歩き出し、千束通りを左にそれて、やってきたのは吉原だった。

吉原は真っ直ぐの道が多く、ソープランドだらけなので、隠れる場所もないし、子供がうろついているのは目立ってしまい、松竹梅は林田とだいぶ距離をとって尾行を続けなければならなかった。

林田は一軒のソープランドの前で立ち止まり看板を眺めた。

「梅田の姉ちゃんの店じゃねえの？」松岡が言った。

「違うよ、姉ちゃんのところは、もっと、お城みたいなところだもん」

林田の入ろうとしていた店は煤けた壁の貧相なところで、店名は「ＰＯＮＹ」とあった。彼は意を決したように中に足を踏み入れた。

松竹梅は途中、呼び込みのお兄さんに、「子供がこんなところ来ちゃ駄目だよ」と言われたが、無視して店の前まで走っていき、中を覗き込もうとしていると、

「なんだ、おまえまだ子供だろう」

と店の中から声が聞こえてきた。松竹梅は監視カメラかなにかで覗かれていて、自分たちが言われたのではないかと思ったが、

「子供じゃねえよ」と林田の声が聞こえてきた。

「どう見たって子供だろ」

「子供じゃねえよ、金も持ってるんだぞ」

「駄目だ、帰れ帰れ」

林田が店から追い出されると、松竹梅と鉢合わせになった。

「あれ？　おい、おめえら、なにやってんだよ」と林田は驚いた顔をした。

「おめえこそ、なにやってんだ？」竹村は言った。

「こっちが聞いてんだよ。こら、おいオメエ聞いてんのか！」

竹村が鼻くそをほじくりながら店の中を覗こうとしていた。

「これ、外からだと中見えないのね」

「おい聞いてるのか！」

「聞いてますけどさ」

「なんなんだよおまえ」林田は呆れた調子で言った。

「なんなんだよって言われたって、おまえこそなにやってるんだよ。カツアゲした金でこんなところに来ちゃって、どうせならタロベエに餌買ってやれよ」

松岡と梅田は笑いそうになった。

「なんだと！」

「タロベエ元気か、タロベエは」

竹村は笑いはじめた。

「オメエふざけてんのかよ」

「ふざけてねえよ。タロベエは元気かって訊いてんの」

「タロベエいなくなっちまったんだよ！」

「え？　そうなの？」

「つうかなんでおまえ、タロベエのこと知ってんだよ」

「だってこの前、おめえん家、見に行ったんだもん。なんか恐い男いるだろう。体の大きな」

林田の顔色が変わった。しかし竹村はおかまいなしに喋り続ける。

「車のガラスとか割っちゃってさ、あれからおまえ、本当に車で寝てるのか?」

林田は身体を震わせていた。

「しかしタロベエどこ行っちゃったんだ? 心配だよな」

突然林田が殴りかかってきた。竹村は簡単によけた。彼は最近高校生とスパーリングをしていたので、相手が林田一人なら勝てると思っていた。

「おれのことなんか殴ってもしょうがねえぞ。それより、タロベエが心配だべえ」

「テメエ!」

林田は顔を真っ赤にさせて奇声のような怒鳴り声を発した。膨らんでいた顔はさらに膨らみ、真っ赤になっていた。

その姿に恐怖を感じた梅田が反射的に走り出し、つられて松岡も竹村も走り出した。梅田は吉原のソープランド街を「コッチコッチ」と言いながら、わき道にそれ、松岡と竹村を誘導した。

林田は追いかけてきたが、三人が突然、白亜のお城のようなソープランドの中に入っていったので、入口でわけがわからず、立ちすくんでしまった。

松竹梅は中に入ると従業員に驚かれたが、梅田は姉ちゃんの弟で、自分たちは悪い奴に追われていると説明した。

林田は店の前にいた。そして中に入ろうとすると従業員が出てきて、「ここは子供が来るところじゃねえぞ！　帰れ！」と一喝された。

「いや、今、子供が入っていった」

「子供なんか入ってきてねえよ、とにかくガキは帰れ！」

松竹梅は待合室のソファーに座っていた。

「本当に、お城みたいだな。つうか、ソープランドって、いったい、なにするところなの？　いまいちよくわからないんだけど。ウチの父ちゃんも、昔、ギャンブルで勝ったときは行ったなぁって言ってたけど」

「だからアレだよ。男と女が、あの、なんか、アレするところなんだろう」松岡が言った。

「アレってなんだよ？」

「アレって、いうのは、アレなんだよ。おれもよくわからないんだけど、梅田知ってるんだろう」

「うん。裸になって、身体洗ってもらって、そんで、アレなんだけど」

「アレは裸にならないといけないのか？」

「そうだよ」と梅田。

「裸になるのか、パンツも脱ぐのか？」

「脱ぐよ」

「丸だし？」

「丸だしだよ」

従業員は「追っ払ってきたぞ」と戻ってきて、子供が待合室にいるのはほかのお客さんに迷惑だからと、裏口のボイラー室の隣りの倉庫に連れていかれた。

「おまえの姉ちゃん、もうすぐ店に来るけど、待ってるならここにいろ」と言い残して出ていった。

林田は意味がわからず、まだ店のまわりをうろついていた。

するとお姉ちゃんがやってきて林田と目が合った。林田はあきらかに挙動がおかしかったので、姉ちゃんは、「君、どうしたの？」と話しかけた。

「えっ、あのう、え？　いや、別に」

「あのさ、お店入りたいならさ、もう少し、大人になってからだよ」

「はあ」

「でも、どうしたの、その顔、喧嘩した？」

「いやあ」

「元気なのはいいけど、あんま喧嘩しちゃ駄目だよ。大人になったらほかのところも元気じゃなきゃいけないんだから、わかる？」

「いや、はい。ちょっとわかんないっすけど」

林田は照れていた。姉ちゃんの優しさと可愛さに、気持ちがヘナヘナしてきた。

「じゃあさあ、大人になってからね。またおいでよ」

「あの」

「なあに？」

「でも、おれより小さな子供が中に入ってったんだけど」

「子供？」

「小学生のガキが」

「中に？」

「三人もまとめて入っていった」

「じゃあ、子供に見えるけど、大人なんじゃないの？　そういう人もいるでしょ、世の中には」

「そうだけど」

「まあ三人まとめてっていうのは珍しいけど。そういう集まりでもあったんじゃないの」

「三人まとめて」

「それか中に白雪姫でもいるんじゃないの、白雪姫だと、七人だから、四人足りないけどね」

林田は姉ちゃんの雰囲気に完全に飲み込まれ、この人が白雪姫なのではないかと思った。

「女なんてのは、いいなりにさせりゃいいんだ」と林田の本当の父親は言っていた。今、家にいる男も同じようなことを言っている。しかし言いなりにさせる必要はあるのだろうかと、姉ちゃんを目の前にして思えてきた。

「じゃあね。もーすこし大人になってから、おいでね」

「はあ」

姉ちゃんは店の中に入っていった。

林田は、すごすごと吉原を後にした。

店に入ると姉ちゃんは従業員に弟が来ていると言われ、倉庫まで行った。

「ちょっとぉ、なにやってんのよあんたたち、こんな所に遊びに来ちゃ駄目でしょ」

「遊びに来たんじゃないよ」

梅田は林田に追いかけられて逃げてきたことを説明した。

「それ、店の前にいた顔が腫れてた男の子かな」

「そうだよ、姉ちゃん会ったの？」

「ちょっと話したよ」

「なんか変なことされなかった？」

松岡が訊くと姉ちゃんは、

「いや、なんにもされなかったよ。大人になったらまた来なさいって言ったら、素直に帰ってったよ」

「姉ちゃんはやっぱスゲエよなぁ」

竹村が言うと松岡も梅田も大きくうなずきながら「本当スゲエなあ」。「感心なんてしてないでさ、とにかく迷惑だから早く帰りなさい」姉ちゃんに言われ、三人は表に出ていった。

林田は吉原を抜け千束通りに出ると、無性にむしゃくしゃしてきた。大人になるということはいったいどういうことなのか？　大人になれば吉原に行けて、男を追っ払うことができるだろうか？　林田はあの日以来、本当に車の中で寝ていた。

林田はカツアゲでまきあげた金を増やそうと思い、千束通りにある黄色いパチンコ屋に入っていった。

松竹梅は、ソープランドの変な建物や変な名前の看板を見物しながら吉原を抜け、千束通りに出た。すると黄色いパチンコ屋の前にパトカーが停まって野次馬が群がっていた。

野次馬に混じってしばらく見ていると、店の中から二人の警察官に挟まれた林田が、うなだれて出てきた。林田の両手からは血がボタボタ垂れていて、アスファルトに赤い点をつくっていた。

松岡が、なにがあったのか隣りに立っていたおっさんに訊くと、林田はパチンコを打っていて、従業員に「ガキがパチンコなんてするんじゃねえ」と注意されると、突然パチンコ台のガラスを叩き割って暴れまわり、従業員に取り押さえられたのだという。

「とんでもねえガキだよな」おっさんは言った。

パトカーに乗せられる林田の背中を眺めながら、竹村は、「あいつも、いろいろ大変だから」

とつぶやき、「おーい、タロベエ見つかったら、救出しといてやっからな！」と叫んだ。

その声は、パトカーのサイレンの音でかき消されてしまった。

居眠り転校生

二学期になって、松竹梅のクラスにフィリピンから転校生がやってきた。お父さんが日本人、お母さんはスペイン系フィリピン人の女の子だった。健康的に日焼けした肌に、ツヤのある真っ黒な髪の毛、お尻の位置が高くてスラリと足が長く、くりくりの目に筋の通った鼻は、小学五年生なのにエキゾチックな美しさが備わっていた。

彼女は朝学校に来ると、まず靴下を脱いで裸足になった。さらに上履きも履かずに素足でペタペタ学校中を歩き回り、クラスのみんなは呆気にとられた。トイレも裸足で行ってしまうので、「汚い」と陰口も叩かれた。でも彼女はまったく気にしていない様子だった。フィリピンではいつもビーチサンダルで過ごしていたので、そもそも靴下を履くほうが気持ち悪かった。

先生の半田に「裸足だと危ないから上履きを履きなさい」と注意され、上履きは履くようにはなったが、踵をつぶしていたので、今度は「踵をつぶさない」と、いつも注意された。

日本語は喋ることはできたが、読み書きは苦手だったので、勉強はほとんどついていけない様子だったし、日本語の発音が変だった。

授業中は、いつも眠たそうにしていて、実際に眠ってしまい先生に怒られることもあった。休み時間になると、教室の後ろのロッカー棚で体育袋を枕にして横になり、居眠りをしていた。特に給食後は必ず眠っていた。

クラスのみんなは次第に、彼女を異質なものと感じはじめていたが、彼女自身もマイペースを貫き通し、自ら孤立していくようでもあった。


休み時間、彼女はいつものようにロッカー棚によじ上り、大きなあくびをして横になった。竹村はなんとなくその姿を眺めていた。教室で無防備に横たわる彼女は猫みたいだった。

いつもの非常階段に行くと、松岡と梅田は、どんぶりにサイコロを振っていた。

「おまえ、また糞か？」

松岡が言う。

「糞は朝してきた」

「勝負はじめるぞ」

松岡はサイコロを手に持った。竹村は、さきほどの彼女の眠る姿が頭にこびりついていて、「アイツ、なんでいつも寝てばかりいるんだろう」と独り言のようにつぶやいた。

「え？　なに？」

松岡はサイコロを手の中で転がしている。

「この前転校してきた女の子」

「アイツがどうしたの？」

「寝てばかりいるだろ、休み時間とか。なんでだろう」

「眠いんじゃねえの」

「なんて名前だっけ？」

「仲本さんだよ」と梅田が答えた。

「仲本さんか。下の名前は？」

「リツコさん」

「リツコさんか」

松岡がどんぶりの中に振った賽の目は「4・5・6」と出た。

「おー、シゴロー、出たぞ！」

興奮する松岡であったが、竹村は気もそぞろで、彼女のことを考えている。

「じゃあネムリツコだな」

「なにそれ？」

梅田が竹村の顔を覗き込む、竹村の目は、寝ぼけたみたいな、夢を見ているような感じだった。

「あんなふうに寝てばかりいるんだもん。眠りっ子だよ。おれもなんだか、眠くなってきたぁ〜

なぁ〜」

伸びをしながら竹村は大きなあくびをした。

「早くサイコロ振れよ」

松岡がサイコロを渡した。竹村は、どうでもいい感じでサイコロを振る。「4・5・6」と目が出た。

「おーなんだよ！　オメエも、シゴロかよ！」

しかし竹村は賽の目は気にもとめず、ぼけーっとしていた。

「おい竹村、おい！」

「眠ってる人のこと考えてると、こっちも眠たくなるもんだな」


教室に戻ると彼女はまだロッカー棚の上で眠っていて、チャイムが鳴ってもそのままだった。普段であれば、チャイムが鳴ればゴソゴソ起き出し、自分の席に着くのだが、そのときは熟睡している様子だった。

先生の半田が教室に入ってきて後方のロッカー棚に目をやる。

「おい、仲本さん、なにやってんの仲本さん」

しかし彼女は起きずに、クラスのみんなが振り返った。しばらくすると誰かが笑い出し、教室全体に笑い声が響いた。

「死んでるんじゃねえの」

　船木は、そう言って、丸めた紙くずを彼女に投げつけた。

　するとほかの五、六人の男子も真似して、紙くずを投げはじめた。紙くずは彼女の顔や身体に当たった。

　ようやく目を覚ました仲本さんは、ゆっくり上体を起こし大きなあくびをすると、また大きな紙くずが飛んできて、彼女の顔に当たった。

　寝ぼけ気味だった彼女の顔は急に険しくなって、飛んできた紙くずを手にクラス全体を見渡した。

「これ投げたの、ダレ」

　みんなは黙っていた。

「ねえダレ？　ダレ？　ダレなの？」

　仲本さんは教室の全員と対峙するような形になっていた。半田は呆れた顔をして、

「誰でもいいじゃないか。チャイムが鳴ったら、席に着きなさい、寝てるんじゃないよ」

　しかし彼女は無視して、「ダレ？　これ投げたのダレ？」と言い続けている。

「ねえダレダレなのよ！」

「早く席に座りなさい！」

「あたし、怒ってるよ、ダレなの！」

「仲本さん！」

「ダレよ！」

竹村が席からゆっくり立ちあがり船木を指そうとすると、勘違いした仲本さんは「おまえか！」と紙くずを竹村に投げつけた。女子なのに、もの凄く奇麗なフォームで、紙くずは竹村の顔面に命中して笑いが起きた。

「おれじゃねえって。こいつだよっ！」

竹村は仲本さんに投げられた紙くずを手に取り船木に投げつけた。船木は、その紙くずを竹村に投げ返した。仲本さんは、床に落ちている紙くずを拾い、船木に投げつけた。

船木の仲間もノートをちぎって応戦を始め、教室には紙くずが飛び交った。

「やめなさい！」

半田は怒鳴ったが、騒がしくなった教室では声が聞こえず、ヒステリーを起こして黒板消しを投げつけ、仲本さんの後ろの壁にぶつかってチョークの粉煙が立った。

床には虫の死骸みたいに紙くずが落ちていた。半田は「片づけなさい！」と怒鳴り、クラス全員で落ちている紙を拾ってゴミ箱に捨てた。

授業が終わり半田が教室を出て行くと、仲本さんは、船木に詰めよった。

「あのさ、あたし、寝ているところ起こされるの、ほんとうキライなの」

「オメエが起きないから、起こしてやったんだろ」

「あんたになんか起こされたくないもん！」

二人のまわりには人だかりができていた。

「休み時間なんかに寝るんじゃねえよ」

「あたしが寝てたって、あんたにカンケーないでしょ」

すると竹村が「おいおいおい」と人だかりの中から出てきた。

「あのな休み時間は、休みっていうくらいだから、休むのが一番いいに決まってるだろが」

「なんだと」

船木は身構えたが、竹村はひょうひょうとしたまま喋り続ける。

「だからよ。休まなくっちゃ。だいたいネムリツコが、眠たいんだったら、寝かせてやればいいじゃねえか」

「は？　ネムリツコ？　なんだそれ？」

「あっ、なんだっけ？　君なんて名前だっけ？」

竹村は仲本さんのことを見て言った。

「え？」

「名前、なんていうの」

「なかもと」

「なかもとさんか」

彼女はうなずいた。

「なんで、いつも眠いの？」

「だって。眠いんだもん」

「そうだよな。眠いから眠いんだよな」

「うん。そうだよ」

妙に納得した竹村は大きくうなずき、船木のことを見て、

「だからな、おまえはつべこべ言わずに、引っ込んでろ」

と教室を出て行くと、仲本さんは竹村の後ろにくっついてきた。

松岡と梅田はすでに非常階段でサイコロを振っていて、扉が開き竹村が入ってくると、

「おせえんだよオメエ！　糞長いんだよいつも！」

「糞じゃねえよ」

見ると竹村の後ろには仲本さんがいた。

「あれ？」

「こんにちは」

仲本さんは、松岡と梅田に微笑んだ。二人はクラスの女子とほとんど喋ったことなんてなかったので、挨拶をされただけで、少し緊張してしまった。

「あのさ、寝るなら、教室じゃなくて、そこで寝れば」

竹村が非常階段の踊り場を指した。

「もう寝ないよ」

松岡は仲本さんのことを気にしながら、どんぶりにサイコロを振った。カラカラン、非常階段に音が響いて、仲本さんがどんぶりを覗き込んだ。

「なにやってんの？」

「チンチロリン」松岡が答える。

「え？　ちんなに？」

「チンチロリン」

「ちんちろ？　ちん？」

突然彼女はゲラゲラ笑い出した。

「ヘンなのぉー」

仲本さんはしばらくお腹を抱えて笑い続けていた。あまりにも笑うので三人は呆然と彼女を眺めていた。そしてようやく笑い止むと、竹村に向かって、

「そうだ。さっき、アタシのことヘンな名前で、呼んでたね。なんとかっ子て」

「ネムリツコだろ」

「なあにそれ？」

「おまえ、眠ってばかりいるだろ。だからネムリツコ」

「眠ってばかりいるから、ネムなのぉ、はっはっはあー」

彼女は、いつもムスッとしていたので、竹村は不思議な気分になった。

「そのダイスゲーム、あたしにも教えてよ」

「ダイスゲーム?」

仲本さんはどんぶりを指し、

「なんだっけ、チンチコチン? だっけ?」

「だからチンじゃねえよ。リンだよ。チンチロリンだよ」

松岡が言った。

「やっぱヘンだよぉー、名前ヘンだよぉー」

「おまえがヘンだよ。笑いすぎだよ」

少しイラッとした松岡であったが、彼女の笑いはまた止まらず、いつの間にやら松竹梅にも伝播して、「こいつヘンだよ」「笑いすぎ!」「チンチコチンだってえ〜」「リンだよぉー」と全員で笑い転げていた。

チャイムが鳴って教室に戻ると、あれだけ笑っていたのに、彼女はまたムスッとした顔になった。以前、梅田が学校に来ると喋れなくなっていたが、それに似た感じでもあった。

放課後になっても仲本さんは松竹梅にくっついてきた。

「おれたち駄菓子屋に行くけど、一緒に行く?」と松岡が訊ねた。

「ダガシ?　ダガシってなに?」

「安いお菓子が売ってんの」

「おかし、じゃなく、だがし、なんだぁ、だはははは」

「なにが面白いの?」

「だって、お、が、だ、なんだよ。はははは」

あまりにも彼女が笑うので竹村は、もっと笑わせてやろうと思い、道の先にあった一方通行の交通標識まで走って行き、それをつかみ口をひょっとこみたいにとがらせて目を白目にしてタコ踊りを始めた。

「ズーチャチャ、ズーチャチャ、ズーチャチャチャチャ。ズーチャチャ、ズーチャチャ、ズーチャチャチャチャ」

リズムをとって身体をふにゃふにゃにさせている竹村であったが、これは父ちゃんが酔っ払うと部屋の柱をつかんで踊るものだった。

「わぁーはははぁ」

仲本さんのハスキーな笑い声が路上に響き、彼女も竹村のもとに駆け寄って一緒に踊りはじめた。

交通標識の下で、子供二人がタコ踊りをしている。

「竹村の馬鹿に付き合えるのって、あいつも相当なもんだよ」

松岡はつぶやいた。

「ズーチャヤ、ズーチャヤチャヤチャヤ」

仲本さんの顔つきは、教室にいるときとはまったく違った。

駄菓子屋にやってくると、仲本さんは店構えを見た瞬間に、「わああ！　こーゆうお店、フィリピンにもあるよ！」と興奮した。

「フィリピンはもっとボロいけど、やっぱ、こんなふうにボロいんだもん」

彼女が、「ボロいボロい」と連呼するものだから、駄菓子屋の婆さんはイヤな顔をしていた。

四人は店の前に座りチェリオを飲んだ。

「これ、美味しい！　でも色のわりには、あんまり甘くない！」

松竹梅はチェリオもじゅうぶん甘いと思っていたが、フィリピンのジュースはもっと甘いらしかった。


仲本さんの日本人のお父さんは宝石商をやっていた。アフリカに行って宝石の原石を仕入れ、香港やフィリピンで加工して、それを日本やアメリカに運んで売りさばく。

お父さんの実家は千束にあるお寺だったが、次男坊だったので寺を継ぐ必要もなく、若い頃から自由気ままに日本を出て各国を渡り歩き、三十歳の頃に宝石商の仕事を始め、軌道に乗って儲かると、フィリピンに高級マンションを買って生活の拠点にした。

その頃に、仲本さんのお母さんになるメイさんと出会う。彼女はマニラのホテルに入っている高級クラブで歌を歌っていた。メイさんは凄く奇麗な人で歌も上手だった。

商談の後にはじめてそのクラブに行ったお父さんは、歌っているメイさんを見て、ひと目惚れした。店に何度も通い、メイさんと仲良くなろうとしたが、最初はメイさんに「日本人は嫌いだ」と言われていた。店に来る日本人のマナーが悪く、いろいろと嫌な目にあったのだそうだ。

お父さんは若い頃から世界中をまわっていろいろな女性とお付き合いをしてきたので、女性には不自由したことがなかった。でもメイさんだけは特別だった。毎日店に通い、マナー良くお酒を飲み、メイさんに誠実に好きだという態度を見せた。

お父さんの根気強さもあって、とうとう二人は恋に落ちた。メイさんは付き合ってみると、店にいるときのつっけんどんな雰囲気とは違って、明るい人だったので、お父さんはますます好きになった。それから一年後に二人は結婚して子供ができた。

仲本リツコさんはフィリピンのアメリカンスクールに通っていたが、お父さんと喋るときは必ず日本語で、毎週、土曜日は日本人学校にも通っていた。

家族は今年、フィリピンからアメリカのサンフランシスコに移住する予定だったが、そんな矢先お母さんが病気で倒れて、お父さんは看病やアメリカの病院に入院させる手続きなどでフィリピンに残り、準備が整うまで、娘が一人日本にやってきていたのだった。

チェリオを飲みながら、竹村がボクシングをやっている話をすると、仲本さんは母方のフィリピン人の叔父さんがマニラでボクシングジムを経営していて、彼女はそこによく遊びにいっていたと話した。

竹村が今日はジムに行く日だと話すと、彼女は一緒に行きたいと言い出した。

「イヤだよ、恥ずかしいもん」

「え？　なんで恥ずかしいの？　イミわかんないよ」

「意味はおれもわかんないけど」

「一緒に行く。連れてってよ」

断りきれなかった竹村は、いったん家に戻りジムに行く用意をして、仲本さんが住んでいるお父さんの実家のお寺へ迎えにいった。

そこは国際通りに面した立派なお寺だった。本堂の前のきれいな石畳では、仲本さんがスウェットパンツとトレーナーに着替えてストレッチをしていた。自転車で乗り付けた竹村は、「あれ？　見学だけじゃないの？」と驚いた顔をした。

「あたりまえでしょ」

仲本さんは、白い字でお寺の名前がフレームに書いてある自転車に乗って、二人は入谷にあるジムに向かった。

ジムの近くにやってくると、縄跳びやサンドバッグを打つ音が響いてきた。仲本さんは興奮して「わーお」と目を大きく開け竹村にウィンクした。

竹村はトレーナーの田村さんに、仲本さんを紹介した。

「おうおうお、サンドバッグ叩いてきな、フィリピンはスタミナあるから。思う存分叩いていきな」と田村さんは言った。

「ありがとうございます」

「フィリピンのどこからきたの？」

「マニラ」

「おれ試合でマニラに行ったことあるよ」

二人が話をしていると、フィリピンでジムをやっている仲本さんの叔父さんのマニー・ガルシアという人は、選手時代に田村さんと試合をしたことがあるのがわかって、二人は手をとりあって興奮した。

「なんだよぉー、ガルシアの娃御さんなの。なんだよぉー。んじゃあ、ますますスタミナあるだろ。おれ、ガルシアと戦ったとき十ラウンドで負けたの、だって暑くて試合どころじゃねえんだもん。でも暑いと炭酸飲料が美味いんだよな。それでさ、ガルシアが日本来て再戦したときは五ラウンドで勝ったんだよ。それ以上やってたら絶対負けてたね。スタミナすげえからよ、やっぱフィリピンは」

興奮して喋り続ける田村さんを横目に、竹村はストレッチを始めた。しばらくすると仲本さんが目の前にやってきて一緒にストレッチを始めた。彼女は目が合うと微笑みかけてくるので、竹村はぎこちなく微笑み返しているのだが、なんだか恥ずかしくて、微笑みというよりもひきつっている感じだった。

竹村は縄跳びをはじめ、鏡越しにサンドバッグを叩く仲本さんの姿を見ていた。

ジムでは三分経つとゴングが鳴り、一分休みがあって、またゴングが鳴る。この音を合図に練習をする。

竹村は四回目の縄跳びを飛んでいた。するとリングから、「おー、フィリピーナ、いいパンチ出すね、スタミナあるし」と田村さんの興奮する声が聞こえてきた。

「フィリピーナじゃないよ！　リツコだよ。フィリピーナ言うな」

仲本さんが言った。

「ごめんごめん」

田村さんが謝ると、ミットにグローブがはじける音がした。仲本さんはミット打ちをやっていた。

竹村は縄跳びをしながらリングを見た。仲本さんの長い手足から繰り出されるパンチが田村さんのミットに当たっていた。

「すげえよ、リッちゃん！　すげえよ。ほい。ジャブジャブストレート！　ほいほい」

仲本さんは集中すると入り込んでしまう性格らしく、顔を真っ赤にして、がむしゃらにパンチを繰り出していた。

ゴングが鳴って一分のインターバルがあり、竹村が縄跳びからサンドバッグに移動すると、ロープに腕をついた仲本さんは竹村と目が合って、汗まみれの顔でウィンクをしてきた。その顔がやたら可愛いくて、再びゴングが鳴ったが、竹村はウィンクで仕留められたみたいに呆然となっていた。リングでは、ふたたびミット打ちの音が聞こえてきた。

あんな堂に入ったウィンクができるのは、やはり外国育ちだからなのだろうか。自分もあんな感じで、さりげないウィンクをできないものだろうか。次にウィンクされたら格好よく返したいと思い、竹村はサンドバッグに向かって、ウィンクの練習をしていた。

「おいこら！　竹村、おめえなに動き止まってんだよ」

リングの上から田村さんの怒声が響いた。

「すんません」

謝りながら竹村は田村さんに向かってウィンクしてしまった。田村さんは、「え?」といった顔をして動きが止まってしまい、仲本さんのパンチが顔面に入った。

「あっ、ごめんなさい」

竹村はサンドバッグを叩きはじめた。

次にゴングが鳴ると、「じゃあ竹村、ミット打ちやるぞ」と田村さんに呼ばれてリングにあがった。

ミット打ちは全部で三ラウンド行った。途中、仲本さんが「頑張れー」と声援を送ってくれ、舞い上がった竹村は必死にパンチを打ち込んだが、「パンチ弱い、気合いが入ってねえ！」と田村さんにミットで何度も頭を小突かれた。

練習が終わってバンテージを取っていると、仲本さんがやってきて「竹村くん格好よかったね」と言われた。竹村は照れくさくて顔面の汗が吹き飛ぶくらい顔が赤くなった。

ジムの帰り、二人はコンビニエンスストアに寄ってアイスを買い、公園のベンチに座って食べていた。

「竹村くん、プロになるの？」

「うん。そのつもりだよ」

「フィリピンは、ボクサーになろうとしている子供はたくさんいるけれど、日本は少ないね。ジムにいる子供、竹村くんだけだもんね」

「へえ、フィリピンには子供のボクサーがたくさんいるんだ」

「みんなチャンピオンになって家族をたすけようとしているよ」

「おれも、父ちゃん楽にさせてやりたいんだな。でも、父ちゃんに金渡したら、全部ギャンブルにつかっちゃいそうだな」

「うちのお父さんも、商売はギャンブルみたいなもんだって言ってる」

「いや。おれの父ちゃんは、商売っていうよりも、ただのギャンブル好きだから」

彼女のお父さんは、自分の父親とはまったく違う世界の人なんだろうと、竹村は思った。

「ねえ、そっちのアイスちょうだい」

仲本さんが竹村の持っているアイスを指した。

竹村のアイスはラムネ味で、仲本さんのはぶどう味だった。竹村がアイスを差し出すと、彼女はなんの躊躇もなくアイスにかじりついた。

「ラムネも美味しいね。ぶどう食べる?」

竹村の目の前に差し出された紫色のぶどうアイスは、仲本さんのかじった歯形がついていて、やたら浮き立って見えた。竹村は意を決してかじりついた。自分の食べているアイスよりも何倍も美味しく感じた。

公園を出て自転車に乗ろうとすると、梅田の姉ちゃんが向こうのほうからやってきた。

「あれ、竹村くんじゃないの」

姉ちゃんは仕事帰りらしい。

「こんばんは。ボクシング?」

「うん。今終わって帰ってきたところ」

「こちらの女の子は?」

「この前転校してきた仲本さん」

「こんばんは」

仲本さんは姉ちゃんにお辞儀をして、竹村は梅田の姉ちゃんを紹介した。

「あら、もしかしたら、デート中だった？」

「違いますよ」

咄嗟に答える竹村は顔を真っ赤にした。

「だって夜に公園なんて。なんだかあたし、デートの邪魔しちゃってるね。ごめんなさいね。そうか竹村くんのガールフレンドなのか」

「そんなのじゃないですよ。ボクシングジムに一緒に行ってたんです」

するとと仲本さんが、動揺する素振りもなく、

「でもね、まだ本当のガールフレンドじゃないけど、そうなるかもしれません」と言った。

「そうなったらお祝いしなくちゃね」

「いやいやいや」

竹村は公園のライトに照らされ、夜空に吸い込まれていきそうな気分になった。

「ならば、そうなることを願ってるよ！」

姉ちゃんは、手を振ってその場を後にしようとしたが、振り返って、

「あっそうだ。この前ね、ホットプレートを買ったの、だから、うちでお好み焼きパーティーやろうよ。仲本さんの転校祝いってことで」

「お好み焼き好きです。フィリピンにいたときに、家で、お父さんとお母さんとやりました」

「よっし決まった！」

姉ちゃんは、嬉しそうに去っていった。

竹村と仲本さんは自転車を転がしながら歩いていた。竹村は、この時間が惜しく思えて、意識して、ゆっくり歩いていた。

「梅田くんのお姉さんて、素敵な人だね」

「夏に、おれたちを海に連れてってくれたんだよ。梅田はね、お父さんもお母さんもいなくて、姉ちゃんと二人で住んでるの」

「そうなんだ」

「おれもね、お母さんはいなくて、父ちゃんと二人で住んでるんだ。でもな、父ちゃんも好きだけど、やっぱ梅田の姉ちゃんみたいな人と住んでみたいな」

「あたしも、今、両親どっちも、いないよ。ちょっとみなしごだよ」

「さみしくないの？」

「ううん。おじいちゃんもおばあちゃんも優しいし。もう少ししたらアメリカに行くから」

「え？　アメリカ？」

「お母さんが、病気になっちゃったからいまはフィリピンの病院にいるけど、具合が良くなったら家族でアメリカに住むの」

「そうなんだ。いつ行くの？」

「たぶん今年中には行くよ。とにかくフィリピンのお母さんの具合が良くならないと行けないんだけど」

「そうなんだ。アメリカ行っちゃうんだ。じゃあさ、またボクシング行く?」

「うん行く」

「じゃあ、おれ行くとき、一緒に行こう。また迎えにいくから」

お寺まで送って、帰ろうとすると、「今日はありがとう」と、仲本さんはハグして竹村の背中をトントンと叩いた。彼女が離れると、竹村の身体は熱くなって棒みたいに動けなくなってしまった。

「どうしたの?」

本堂に霞がかかって見え、耳も遠くなってきた。

「ねえ、竹村くん」

「あっ、え? なんだ? じゃあ」

恥ずかしさと嬉しさと興奮が入り乱れ、竹村はわけがわからなくなり、自転車に乗ると振り返りもせず逃げるように去っていった。

しかし自転車を漕いで夜風に当たっていると、だんだん冷静になってきて、さきほどの帰り方は、ちょっといただけないのではないかと思え、ちゃんと挨拶しなくてはと、Uターンして仲本さんのお寺に向かった。

お寺の境内に、もう仲本さんはいなかった。薄明かりの中に黒い本堂が建っているのが見えるだけだった。竹村は自転車を止めて石畳を歩いた。ポケットの中に手を突っ込むと五十円玉が一枚入っている。「アイスが一本買えるな」と思ったが、握りしめたその五十円玉を賽銭箱に投げ、手を合わせ、仲本さんと、もっと仲良くなれますようにと願った。

本堂の隣りにある建物の二階の窓が開き、仲本さんの顔があらわれた。竹村は咄嗟にしゃがんで賽銭箱の横に身を隠した。

彼女は目を細めて空を眺めていた。竹村も空を見上げたが真っ黒で、星ひとつ見えなかった。建物の中から「おーい、お風呂あいたぞー」と、おじさんの声が聞こえてきて、仲本さんは「はーい」と言って窓を閉めた。

竹村は抜き足差し足で石畳を歩き、お寺を後にした。

自転車のペダルを漕ぎながら、もう一度、空を眺めてみたが星は見えなかった。夏に行った熱海の海ではたくさんの星が見えたのに、ここでは向こうの空に浅草ビューホテルの明かりが見えるだけだった。

言問通りで信号を待っていると肩を叩かれた。振り返ると買い物袋をぶらさげたシゲさんがいた。彼は昔プロボクサーで、竹村の通っているジムに遊びにきたりすることもあって、今は、ビューホテルの脇でバーをやっている。

「おう竹村。ジムの帰り?」

「はい。そうです」

「頑張ってるな、チャンピオン目指せよ」

シゲさんは店で出すおつまみを買いにいっていたらしい。

「おまえ、頑張ってるから、一杯おごってやろうか」

「え？　いや」

「酒じゃねえよ。ジュースだよ」

「はい」

シゲさんの店は焼肉屋の二階にあって、クリスマスみたいな変な電飾がバルコニーから垂れ下がり、いつも光っていた。店の名前を知らない人でも、「あのピカピカの店」と言えば大概わかった。

竹村は店の中に入るのははじめてだった。細い階段をのぼっていると大音量の音楽が洩れ聞こえてきた。

店のカウンター席には三人の客がいた。カウンターの中にはアルバイトの女の子がいて、シゲさんは竹村を席に座らせ、自分も中に入った。そして「あのな、こいつ、大人になったら、絶対、世界チャンピオンになるから」と竹村のことを紹介して、ジンジャーエールをカウンターに置いた。

酔っ払い客がいろいろ質問してくるが、音楽がうるさくて、あまり聞こえず、てきとうに頷いていた。すると「おめえ、好きな女はいるか?」とカウンター越しにシゲさんに訊かれた。

「たぶんいますけど」

竹村は酔っ払っているわけでもないのに、なんだか店の空気で、酔っているみたいになっていた。

「たぶんてなんだよ」

「ああ。います」

そう言って、彼の頭には、はっきり仲本さんの顔が浮かんでいた。

「どんな娘なの?」

「転校生で、この前転校してきて」

「そうかそうか」

竹村の隣りに座っている、だいぶ酔っ払っている様子のおっさんがいて、「んで、やったの?ひっひっひ」と言った。

「え?」

竹村が聞き返すと、

「なあにとぼけちゃってるの。最近のガキはませてんだろ。だいたいオメエ毛は生えてんのかよ?」

「毛?」

「ちん毛だよ」

「ああ。ちょろちょろなら」

「なーにがちょろちょろだ」

竹村は自分の父ちゃんで酔っ払いには慣れていたが、なんだかこのおっさんは嫌だと思った。

「ちょーろちょろ、馬鹿野郎このガキが」

「おい、なあ」

シゲさんの顔が急に険しくなった。

「おい、いくら子供でも、ガキへの口の利き方ってもんがあるだろ」

竹村はなにが起きているのかよくわからなかった。酔っ払いが「うるせえ」と言うと、シゲさんは黙ってカウンターから出てきて、男の首根っこをつかみ、店の外に引っぱり出した。

しばらくして戻ってきたシゲさんは、「ごめんな。あいつ、酔っ払うといつもああなんだ」と竹村に言った。

竹村はジンジャーエールを飲み終わると、「ごちそうさまでした」と言って席を立った。シゲさんは店の外まで竹村を見送ってくれて、「おめえ、本気で、チャンピオンになれよ」と肩を叩いた。

竹村は、「はい」と言って自転車を漕いだ。

ペダルを踏み込むたび、仲本さんへの想いが大きくなっていった。

自転車旅行

仲本さんと松竹梅は、十月の休日に海までサイクリングに行くことにした。海といっても葛西の臨海公園ではあったが、仲本さんが、「日本に来てから海見てないなぁ。海を見に行きたいなぁ」と言うので、竹村が提案したのだった。

その日、四人は朝の八時に雷門の前に自転車で集合した。

仲本さんの自転車はお寺のもので、フレームにお寺の名前が大きく書かれている。梅田の自転車は小学一年生の頃から乗っているので、やたら小さい。松岡の自転車は、最近サドルを盗まれて、替わりに木のまな板が針金でくくり付けてあった。竹村の自転車は錆だらけでブレーキをかけると、「キキキキー」ともの凄い音をたてる。

隅田川沿いの遊歩道は自転車の進入が禁止だったが、そこを走ったほうが気持ちいいので、自転車をかついで土手から遊歩道に下ろした。仲本さんの自転車は竹村がかついで下ろしてあげた。

空は快晴で、自転車を漕ぎ出すと川面から秋の風が吹いてきて気持ちよかった。しかし走り出すと、いい気分を打ち消すように、竹村がブレーキをかけるたびに「キーキー」と嫌な音が響いた。

「うるせえなオメエの自転車！」

松岡はふざけて竹村の自転車の荷台を蹴った。竹村の自転車はぐらぐらゆれて、川を隔てる柵に突っ込みそうになった。

「テメエの自転車だって、まな板じゃねえかよ！　このボロが」

「おめえのほうがボロだろ！」

「うるせえ」

竹村が蹴り返す。松岡も蹴る。

「ちょっと、危ないよぉ」

仲本さんが止めたが二人はやめない。梅田は笑ってそれを見ていた。

すでに自転車を蹴っているのではなく、お互いを蹴っていた。竹村の太ももを松岡が蹴ると、エスカレートして、二人の力の入れ方が尋常ではなくなり、どちらかが転ぶのは確実だった。

「おまえ、ブレーキしないで、そのまま川に突っ込め」

松岡が竹村の脇腹を蹴り、速度を上げて逃げた。

竹村は追いかけて、足を大きく上げ松岡の背中を思いっきり蹴り飛ばした。

ハンドル操作がきかなくなった松岡の自転車は勢いあまって、川沿いに建っているブルーシートの小屋に突っ込んだ。ベニヤ板の壁にぶち当たり、反動で跳ね返って倒れ、自転車とともに地面に転がった。小屋の中では鍋や茶碗などが落ちる音がして、悲鳴が聞こえてきた。

さらに自転車のサドル替わりにつけていたまな板は、吹っ飛んで、川に落ちて、流れていった。

小屋の中から、髭面にボロボロの野球帽をかぶったおっさんが血相を変えて飛び出してきた。汚れたジーンズにデロデロになったランニングシャツは、空から降ってきたものをそのままスポンと身にまとっているみたいだった。

「なにやってんだこら！」

おじさんの息は酒臭く、顔にはマジックで描いたような皺がたくさんあった。

「すいません」

松岡は立ち上がり倒れた自転車を起こした。

「すいませんじゃねえよ。冗談じゃねえぞ、こら」

おっさんの剣幕は勢いを増し、顔の皺がさらに浮き立つようになった。

「あー、こら！」

おっさんは顔面を松岡の顔数センチに近づけて怒鳴った。酒臭い息が松岡の顔にかかり、顔をしかめた松岡の眉間がぴくぴく動き出した。

竹村は「まずい」と思った。せっかく仲本さんと楽しいサイクリングをしようとしているのに、初っぱなからこんなおっさんと喧嘩されたら、すべてが台無しになってしまう。

「まあまあ、わざと突っ込んだわけじゃないんですから、そんな、怒んないでください」

「うるせえ。ふざけんじゃねえぞ、このガキが」

「いやいや、ふざけていたわけじゃないんですよ」

「じゃあ、なにやってたんだよ、こら！」

「だから、まあ、ちょっとだけふざけてただけなんですけど」

「ふざけてたんじゃねえかよ」

「そうなんですけど」

竹村が困った顔をして言うと、松岡が突然、もの凄い形相になって竹村を睨み、「おめえが、蹴ったんだろ！　このやろう！」と怒鳴りはじめた。その剣幕におっさんも少し驚いたような顔をした。

「テメエがおれの背中を蹴ってきたから、小屋に突っ込んじまったんだろが！」

「最初に蹴ったのはおめえだろが」

「なんだこら！」

松岡は自転車にまたがる竹村の尻にまわし蹴りした。竹村は自転車から落ちて地面を転がった。怒った竹村は松岡の胸ぐらをつかみ、ぐらぐらゆらし、二人は小突きあった。

「ちょっとやめなよ！」

仲本さんが大声を出したが、二人は「てんめ」「こんにゃろ」「ばかやろう」とブルーシートの小屋の前で激しく揉み合っている。

しまいには、おもいっきりビンタをし合い、尻を蹴り合い、揉み合いながら地面を転がった。

「もういいよ、やめろ。やめろって」

おっさんが言い出した。仲本さんもあたふたしている。梅田も困った顔で突っ立ている。

「ねえ、もうやめてよ!」

「おい、やめろ!」

おっさんが叫び、二人の間に割って入って引き離した。

立ち上がった二人は興奮して息を荒くしていたが、どうも目が真剣ではなく、笑いをこらえて、お互いその目を合わせないようにしていた。膨らんだ頰は、今にも吹き出しそうだった。

「もう、いいよ。なあ、喧嘩はやめろ。喧嘩したって、いいことはねえぞ。喧嘩ばかりしてたら、ロクな大人にならねえぞ」

おっさんは、すっかり酔いが覚めてしまっているようだった。

「そうですね。喧嘩はやめます。お騒がせしました」

そう言って自転車にまたがろうとした松岡であったが、サドルがなかった。仕方がないのでリュックからタオルを取り出し、サドルの穴に突っ込んだ。

「すんませんでした!」

竹村が言ってペダルを漕ぎ出した。

おっさんが見えなくなると、松岡と竹村は大きな声で笑いはじめた。

「え？　どうなってるの？」

仲本さんは梅田に訊いた。

「わざと喧嘩したんだよ、あの二人」

「なんだって？」

「あのおじさんを黙らせようとしたんじゃない」

「じゃあ、あたし騙されたの？」

突然速度を上げた仲本さんの自転車は、すぐに二人の自転車に追いついた。そして、バランスよく長い足を繰り出して、松岡と竹村の自転車を蹴った。

よろけた二人は、笑いながら速度を上げて逃げていったが、またすぐに追いつかれて蹴られた。車輪の小さい梅田の自転車は置いてきぼりになってしまい、「ちょっとぉ、待ってよ！」と叫びながら必死にペダルを漕いだ。

隅田川を外れ、森下の街を抜け遊歩道と公園になっている高速道路の下を走っていくと、荒川に出た。

荒川は土手が広くて、コンクリートの壁で囲われた隅田川よりも格段と気持ちがよかった。

「へっへっへっのほ〜。へのへのほ〜」

竹村が鼻歌を歌いはじめたが、勝手に作曲しているものだから、なにを歌っているのかまったくわからなかった。

「なんだよそれ、へたくそ！」松岡が言った。

「じゃあ、おまえ歌えよ」

「じゃあ、おまえ歌うなよ」

「じゃあ、おれ歌わねえよ」

「じゃあ、おれ歌うよ」

「えー本日は、小林旭さんに、お越しいただきました」

「え？　なに歌えばいいの？」

「自動車の歌あるだろ、あれ歌ってよ」

松岡が「自動車ショー歌」を大声で歌いはじめた。

「なあにそれー、ヘンな歌ぁー」

笑い出した仲本さんは、ハンドル操作をあやまって転びそうになった。

みんなは松岡から「自動車ショー歌」を教わり、合唱しながら、自転車を漕いでいった。

荒川をまたぐ葛西の橋を渡っていると、川から強い風が吹いてきて、自転車がふらふらした。

団地の中を抜け、運動競技場の脇を抜け、駅を越えると目的の葛西臨海公園に到着した。浅草からここまで二時間弱かかった。

自転車で公園の中を抜けていくと、大きな観覧車がまわっていた。芝生の丘陵があって、海に突き出た橋を渡ると、そこには人工渚がある。

四人は自転車を止めて、橋を歩いて渡った。向こうのほうには小さな波の立つ砂浜がある。左手に東京ディズニーランドが見えた。

「お腹空いたあ！」

仲本さんが言った。

「まだ着いたばかりじゃん」松岡が言うと、竹村が、

「いや腹へったよ。だって自転車漕ぎまくってきたんだぜ」

「うんへった」梅田が言った。

「腹へった。腹へった。はーらがへってしょうがない！」

竹村が歌いながら踊り出した。仲本さんも一緒になって歌い、二人は波打ち際まで行って、裸足になり、水をバシャバシャさせながら、ぐるぐるまわっていた。梅田と松岡は、またいつものことが始まったと思い、座って海を眺めていた。

ようやく竹村と仲本さんが落ち着いたので持ってきた食べ物をひろげた。今回は、それぞれなにか食べ物を持ち寄る約束だった。

梅田のは、姉ちゃんの作ってくれた唐揚げとちくわの磯辺揚げだった。松岡は魔法瓶に入った冷たい紅茶に出汁巻きたまご。仲本さんはおばあちゃんが作ってくれた稲荷寿司を持ってきていた。竹村は、父ちゃんがパチンコで取ってきた景品の焼鳥の缶詰とさんまの蒲焼きの缶詰、それ

にお菓子だった。

「竹村、おまえのそれ、親父のパチンコの景品だろ?」

「だってさ、父ちゃん、ポテトサラダ作ってやろうかって言ったんだけど。父ちゃんのポテトサラダとんでもなくまずいんだよ。松岡、運動会のとき食ったことあっただろ」

「ああ。あれは、とんでもなくまずかった。水槽みたいな味がした」

「水槽みたいな味ってどういうの?」仲本さんが訊いた。

「魚を飼う水槽だよ」

「それはわかるよ」

「あの水槽の腐った水をまぜたみたいな味がしたの」

竹村は大きくうなずいた。

「だから、そんなもんを、みんなに食わせることできねえだろ。こんな天気のいい日に、水槽の味のポテトサラダなんて食べたくないでしょ?」

海からは潮風が吹いてきた。

仲本さんのおばあちゃんの稲荷寿司は濃い味付けで、ご飯のお酢もしっかり利いていて、疲れた身体に美味しかった。姉ちゃんの唐揚げも、松岡の母ちゃんの出汁巻きたまごも美味しかった。しかし四人が一番気に入ったのは、竹村の持ってきたさんまの蒲焼きと焼鳥の缶詰だった。

あたりには家族連れがたくさんいて、楽しそうにお弁当を食べていた。四人はなんとなく、その光景を眺めながら、紅茶を飲み、竹村が持ってきたパチンコの景品菓子を食べていた。

「フィリピンにいたときは、お父さんとお母さんとピクニックに行ったなあ」

仲本さんは少し寂しそうな顔をした。

「おれなんて、家族でこうやって公園なんかに来たことはないよ」

竹村が紅茶を飲んだ。

「おれもだ」と松岡。

「でもさ、今こうしてみんなで来れてるんだから。これも家族みたいなもんでしょ」梅田が言った。

「じゃあ、だれが親父だよ」松岡が言うと、

「親父はおれかな」と竹村が手をあげた。

「おまえじゃ、頼りねえよ」

「おまえだって頼りねえだろ！」

竹村が言うと、松岡が太ももに蹴りを入れた。竹村は松岡の胸ぐらをつかみ、二人は砂浜の上を転がった。仲本さんと梅田は、また始まったと無視して紅茶を飲み、お菓子を食べながら、海を眺めていた。

四人は並んで波に足を浸し、海を眺めていた。

「フィリピンてどっちだろう?」竹村が言うと、

「ディズニーランドの向こう側じゃないの」

仲本さんがてきとうに答えた。

「邪魔だなディズニーランド。フィリピン見えねえよ」

四人は橋を渡って戻り、芝生の丘で昼寝をした。知らぬ間にだいぶ長い間、眠ってしまっていた。

目を覚ました松岡は、みんなを起こしたが、仲本さんがなかなか起きないので、「おい、そろそろ行くよ」と身体をゆすると、目をあけた仲本さんは頰をふくらまし「あーあー」と残念そうな顔をした。

「なんだよ？」

「だってさぁ、いい夢見てたんだもん」

「どんな夢？」

「あれ？　どんな夢だったか、忘れた」

「なんだよ。たいした夢じゃないじゃねえかよ」

帰りの道中も、みんなで歌を歌って自転車を漕いだ。

浅草に戻ってきて、四人は銭湯に行くことにした。仲本さんは銭湯に入るのははじめてだったので、松竹梅と一緒に男風呂に入って来ようとした。

「駄目だよ、こっちは男のほうだから」竹村が言った。

「だって、一人じゃさみしいよ」

「さみしいって言われても、困っちゃうな」

「駄目なの？」

「駄目だよ。男は男風呂、女は女風呂なんだから」

「つまんないのぉ」

仲本さんは不満そうに女風呂の暖簾をくぐっていった。竹村だってできることなら一緒に入りたかったが、想像していたら興奮してきて、股間が怪しい感じになってきてしまったので、考えるのをやめた。

松竹梅は洗い場で、わいわい騒ぎながら身体を洗っていた。泡になったシャボンを投げあったり、調子にのって桶に尻を沈めて滑ったりしていた。

すると背中に般若の刺青の入ったお爺さんに睨まれ、「うるせえぞおめえら！　風呂に入るときくらい静かにしてろ！」と怒られた。

お爺さんの低い声は、もの凄い迫力で、近くの洗い場にいた大人も縮み上がっていた。お爺さんの身体には刺青のほかにもいろんな傷があって、頭はつるっ禿げだったが、頭部もふくめ皮膚には全体に艶があり、身体と顔を見比べると、年齢不詳でチグハグな感じがした。

松竹梅は般若に魂を抜き取られたみたいに大人しくなり、静かに湯船につかっていた。しかしただつかっているのもつまらないので、風呂上がりのコーヒー牛乳を賭け、だれが一番長く湯船につかっていられるか競争を始めた。

しばらくすると、三人の顔面は真っ赤に茹だって玉の汗が滲み出てきた。脳味噌も徐々に朦朧としてきた。微動だにせず洗い場に向かって湯船から顔を突き出している様は、赤鬼の生首が並んでいるようだった。

女風呂のほうから「あたしもう出るよー」と仲本さんの声が聞こえてきたが、耳が遠くなっていた三人には、その声は届かなかった。

気がつくと、松竹梅は脱衣所で寝かされていた。銭湯の高い天井は、いつもより高く見え、自分たちが深い穴に落ちてしまったように感じた。

助けてくれたのは般若の刺青のお爺さんだった。

いつもの勝負なら運まかせのようなものだったが、今回はただの我慢比べであった。松岡は元来意地っ張りだし、竹村もボクシングのトレーニングで根性はある。梅田もイジメに耐え続けてきた忍耐力があった。だから誰も先に出るなど考えられなかったし、自分が一番長く入っていられる自信があった。

洗い場にいた般若のお爺さんは、湯船で赤く茹だり朦朧とした目つきでゆれている三人を見て、「おい、だいじょうぶか?」と声をかけたが、まったく反応がなかった。これはまずいと湯船から引きずり出し水をぶっかけてから、脱衣所にタオルを敷いて寝かせ、扇風機を三人に当てた。

そんなこととはつゆ知らず入口にある休憩場で待っていた仲本さんは、男風呂の暖簾から顔を出した。

「ねえ、なにやってんのぉ。遅いよ」

三人はなにも答えられずに天井を仰いでいた。すると腰にタオルを巻いた般若のお爺さんがやってきて、

「お姉ちゃんは、あの馬鹿三人の友達か?」と言った。

「はい、そうです」

「あいつら、のぼせちまってるから、もう少し待ってろな」

振り返ったお爺さんの背中の般若を見た仲本さんは一瞬驚いたが興味津々で、吸い込まれるように般若を追って男風呂に入ってきてしまった。そこには素っ裸で寝かされている松竹梅がいた。仲本さんは大笑いした。

外に出てきた三人であったが顔は真っ赤で、足取りもふらふらで、賭けをしていたことも忘れ、それぞれ自分でコーヒー牛乳を買った。

仲本さんは銭湯が気に入ったらしく、「また来ようね」と興奮していたが、三人はうなずくのがやっとだった。

一週間後、学校帰りに四人は駄菓子屋でチェリオを飲んでいた。その前を幼稚園帰りの女の子が、お母さんと手をつないで歩いていった。

どういうわけか仲本さんの目には涙が溜まっていた。

「どうしたの？」

梅田が訊いた。松岡と竹村も彼女の顔を覗き込んだ。

「なんでもないよ」

顔をそむけた仲本さんの目からは涙がポタリと落ちた。

「だいじょうぶ？」

梅田が心配そうな顔をする。

「うんだいじょうぶ」

涙を拭って、笑顔を作った仲本さんは、

「やっぱ、これ美味しいよ！」

とチェリオの瓶を空に向けてかかげた。松竹梅も真似をして、乾杯をした。

次の日、仲本さんは学校に来なかった。その次の日も、また次の日も学校に来なかった。心配になった三人は、仲本さんのおじいさんのお寺に行ってみた。すると住職が出てきたので、彼女のことを訊いてみると、

「ああ、君たちが、松岡くん、竹村くん、梅田くんだね」

と、すでに三人のことを知っていた。

「いつもリツコと遊んでくれてありがとうね」

住職の話によると、仲本さんはお母さんの様態が急変し、フィリピンに戻ったということだった。本当は三人に挨拶してから行きたかったが、急なことだったので、無理だった。しかし日本には、アメリカに行く前に戻ってくるらしい。

竹村は、その日から腑抜けになってしまった。ボクシングジムには通っていたが、トレーナーの田村さんに怒られてばかりだった。

松岡も梅田も、仲本さんの笑い声をまた聞きたいと思っていた。せっかく増えた仲間が急にいなくなるのは寂しかった。


ある日、三人は学校が終わってから、目的もなく自転車でうろうろしていたら、林田の、あの傾いた家の前にやってきた。入口には、フロントガラスの割れた車が停めてあった。

家の中からは男の怒鳴り声が聞こえた。もしかしたら林田が戻ってきているのかもしれないと思ったが、がらっと扉が開くと、痩せた林田の母親が放り出され、車の上を転がって、あの男が出てきた。

車の上に転がっている女を怒鳴り散らしている男の顔は崩れた岩のようで、以前見たときよりも凄みを増していた。

「てんめえ！　おれの言うことが聞けねえのか！　なんで、おれの言うことが聞けねえのかっていうんだよ」

唾を飛ばしながら怒鳴る男の声はどういうわけか竹村を苛立たせた。そして竹村は地面に転がっていた石を手に取り、自転車で家の前まで近づいていき、大きなブレーキ音が響くと同時に、石を男に投げつけた。

石は男の頭に命中し、驚いた男はあたりを見まわした。家の前では竹村が、表情なく男のことを見ていた。

「テメエかこれ投げたの？」

竹村はうなずき、もう一度投げるフリをした。男は反射的によけたが、なにも飛んでこなかった。

「なんだこのガキ！」

怒鳴りつける男の顔は真っ赤に染まった。

竹村は自転車を漕いで逃げ出し、松岡も梅田も後に続いた。

家を飛び出してきた男は割れたフロントガラスに足を突っ込んで車の前に転がり落ちた。

竹村は相変わらず気力なくボクシングジムに通っていたので、ジムでは怒られてばかりだったが、帰りはいつも仲本さんのおじいさんのお寺に寄って、「早く仲本さんに会えますように」と手を合わせた。

仲本さんがいなくなって一ヵ月以上経ったある日、いつものようにジムの帰りにお寺に寄ると、賽銭箱の前に座って夜空を見上げている女の子がいた。

仲本さんだった。

竹村は嬉しくて奇声を発しそうになったが、久しぶりなのでどう声をかけていいかわからずに、忍び足で近づいていった。

「仲本さん！　こんばんは！」

「なんだ！　ビックリした。カラスかと思った」

「え？　カラス？」

「なんか、わかんないけどカラスかと思った！　びっくりしたよ！」

「驚かせてごめん」

「ううん。竹村くん、ひさしぶり」

仲本さんは微笑んだ。その顔は一ヵ月前よりも大人びて見えた。

竹村はすぐさま小躍りしたい気分だったが平静を装って格好つけた。

「戻ってきたんだね」

「今朝、戻ってきた」

「そこ座っていい？」

「うん」

竹村は仲本さんの横に座った。

「フィリピンどうだった？」

「いろいろ大変だったけど」

「楽しかった？」

「いや楽しくはなかったけど」

仲本さんがフィリピンに戻った一週間後に、お母さんは亡くなった。その後、お葬式やアメリカに行く準備で、結局一ヵ月フィリピンに滞在していたのだと話した。

竹村は「楽しかった？」なんて訊いてしまって、自分の馬鹿さ加減に、どうしようもない気持ちになっていた。

「でも、もうだいじょうぶだよ。たぶん」

そうは言うものの、仲本さんの顔は疲れている様子で、下を向き、しばらく黙って地面を眺めていた。

竹村は彼女の姿を見守っていた。本当は肩に手をかけてあげたかったが、恥ずかしかった。でも勇気を振り絞って、あくまでも自然に、彼女の肩に手を伸ばそうとすると、仲本さんが顔を上げてニッコリ笑った。

「さあ、もうだいじょうぶだ！」

仲本さんは両手を空に伸ばし、以前のように屈託なく笑った。竹村は伸ばしかけた手を戻し、仲本さんと一緒に伸びをした。

「アメリカにはいつ行くの」

「来週」

「えっ、来週！」

「うん」

「そんな、すぐなの？」

「そうなの」

「じゃあ学校は？」

「日本の学校にはもう行かない。お父さんが来週、日本に戻ってくるから、そしたら一緒にアメリカに行くの」

久しぶりに仲本さんと会えたのに、竹村は一気に残念な気持ちになった。そして、もうなにを喋ったらいいのかわからないまま、うつむいてしまった。

「どうしたの？」

「だって。来週行っちゃうんでしょ」

「あたしも、もう少し日本にいたいんだけど」

「アメリカって、日本からだとどのくらいかかるの？」

「飛行機で十時間くらい」

「なんだよ！　それは遠いなあ。だって飛行機って速いんでしょ、二時間くらいかと思ってたよ」

「いくら速くたって二時間じゃ行けないよ。フィリピンだって、四時間くらいかかるもん」

「でも十時間っていったら、熱海だったら、電車で十回行けるよ」

「アタミってどこ？」

「海があるところなんだよ、おれ夏に行ったんだ。梅田の姉ちゃんに連れてってもらってさ。やっぱ海はいいよな、今度仲本さんと一緒に熱海に行きたいなあって思っていたんだけどな。でも十時間かあ」

「わたし小学校にあがるまではアメリカに住んでいたんだけど、サンタモニカってところで、そこにも海があったよ、大きな海だった」

「いいよなぁ、海は。葛西の海なんかじゃなくて、本当の海に行きたいよ」

「でも、あそこも楽しかったよ」

「まあそうだけど。今度引っ越すところは海あるの？」

「今度はね、サンフランシスコってところで、やっぱ港町だよ」

「いいなぁ」

「本当は、お母さんも一緒に行くはずだったんだけどね」

仲本さんはしばらく黙ってしまった。湧き出てきそうな涙をこらえていた。その顔を見ていたら竹村も目頭が熱くなってきた。

「あのさ、おれ、お母さんいないし。顔も忘れちゃってるんだよ。だからお母さんのこと思い出せるだけでもいいと思うよ。思い出せる間は、まだ頭の中で生きているってことだから。忘れなければいいんだな。たぶん」

「うん」

「だから、おれもいつでも思い出せるように、ちょっと仲本さんの顔を脳味噌に覚えさせておきたいよ」

竹村は仲本さんの顔を覗き込んで鼻の穴をぴくぴくさせた。でも恥ずかしくなって、白目を剝いて変な顔をした。

笑い出した仲本さんは、「じゃああたしも、竹村くんの顔を覚えよう」と言って竹村を見つめた。

竹村はもう変な顔をするのはやめた。目で仲本さんを吸い込んでしまう勢いで見つめた。もう恥ずかしくもなんともなかった。

しばらくすると、二人の目からは涙がこぼれていた。

仲本さんが、突然、竹村を抱きしめた。竹村の身体はピクンと一瞬、棒のように固まってしまった。

「お母さんはいつも、こうしてくれてたよ。あたしまだ、お母さんがこうしてくれた感覚、覚えてるから」

仲本さんが耳元でささやいた。

「じゃあ。これも忘れないようにしよう」

竹村も勇気を振り絞り、固まった腕をカクカクさせながら仲本さんの背中に腕をまわした。

本堂の裏で虫の鳴き声が聞こえていた。

「おーいリツコ！　いるのか？」

家から声が聞こえた。

驚いた竹村は、仲本さんから離れようとした。

「だいじょうぶだよ、そんなにあせらなくても」

「うん。でも、どうなんだ」

「おじいちゃん、もうすぐ戻るよ！」

竹村は、あたふたしていた。すぐにでもこの場を立ち去らなくてはいけないような気がしたが、仲本さんはふたたび強く抱きしめてきた。

「ねえ、明日もボクシングジム行く？」

「うん」

「学校帰りのお店は？　チェリオの」

「うん、行く」

「じゃあ、明日、あのお店行くね。松岡くんにも梅田くんにも会いたいから」

いつまでもこうしていたかったが、ふたたびおじいちゃんの声が聞こえたので、二人は離れた。帰り道、自転車のブレーキが夜の道に虚しく響くたび、竹村は悲しくなってきた。

仲本さんが日本にいる一週間、自分になにができるのか考えたが、なにも思い浮かばなかった。

家に帰ると、父ちゃんが床に寝転がって眠っていた。竹村は毛布をかけた。卓袱台には競輪の新聞がのっていて赤ペンで印がしてあった。

竹村は自分の部屋に入って社会科で使う地図帳を広げた。アメリカは熱海よりも遠くて、太平洋を挟んで向こう側だった。海があるから自転車で行くこともできない。

どうにかして行くことはできないものかと考えた。英語も勉強しなくちゃならないが、中学になったら英語の授業があるから、それだけはちゃんと勉強しようと思った。

それにしてもどうすればいいのか。

父ちゃんに連れていってもらうのは確実に無理だし、仕事をして金を貯めるにも、子供の今じゃどうにもならない。大人になっても稼げるかすらわからない。

考えられるのは、ボクシングでプロになり、チャンピオンになって金持ちになるしかなかった。そしてアメリカで防衛戦を行うのだ。

それとも、まずはアマチュアボクシングで、オリンピックを目指す。うまい具合にアメリカでオリンピックがあればいいのだが、などと考えた結果、自分がアメリカに行くことができるのは、やっぱりボクシングでしかないと思った。

竹村は、仲本さんがいなくなってからの一ヵ月間、腑抜けた練習ばかりしていた自分を恥じた。すぐにトレーニングウェアに着替えて家を飛び出し走り出した。

隅田川までやって来て川沿いを走っていると、葛西臨海公園に行ったときに松岡が自転車で突っ込んだブルーシートの小屋の前で、おっさんが一人、缶酎ハイを飲みながら暗い川を眺めていた。

早く放課後にならないものかと竹村が願っていたのは、駄菓子屋に行って仲本さんに会いたかったからだった。

おかげで朝から気持ちがそわそわして、休み時間のチンチロリンはまったく集中できず、一人大きく負けてしまった。でも、そんなことはどうでもよかった。

松岡や梅田には、驚かせてやろうと思って、仲本さんが戻ってきていることは話していなかった。しかしニヤけてばかりの竹村のことを松岡はなにか変だと感じていた。

「なんだか気持ち悪いぞ、おまえ。朝から、ずっとニヤニヤしてんじゃねえかよ」

「そうかね?」

「頭、だいじょうぶか?」

「どうってことねえよ」

竹村は鼻くそをほじくった指を廊下の壁になすりつけた。

授業中も窓の外を眺めながら、竹村はニヤついていた。仲本さんの席はすでになくなっていたが、身体を反転させ教室の後ろを眺めると、仲本さんがそこにいるような気がした。この教室で仲本さんが日本に戻ってきているのを知っているのは自分だけだと思うと、嬉しかった。

「おい、竹村！」

先生の半田の怒鳴り声が教室に響いたが、竹村の耳には入らず、背中を向けたままニタニタしていた。

松岡は普段から竹村のことを頭がイカれていると思っていたが、怒られているのにも気づかずニタニタしているのを見ていたら、完璧におかしくなってしまったのかもしれないと心配になった。

「おい！」

頭の上から声がして見上げると半田が立っていた。

「おまえ、なに後ろばかり見てるんだ」

「へ？」

「あそこになにかあるのか？」

「はい。人がいるような気がして」

教室の生徒たちも一斉に後ろを見たが、そこには誰もいない。竹村は仲本さんのことを思い出し、またニタニタしはじめた。

半田が不思議そうに竹村の顔を覗き込む。

「なにが可笑しいんだ？」

「いや別に」

「とにかく後ろばっかり見てないで、ちゃんと授業を受けろ」

「はい。でも、おれのことは気にしないで、どうぞ授業を続けてください」

ようやく正面を向いた竹村であったが、今度は口をぽっかりと開けて魂を吸い取られてしまったような阿呆面をしていた。半田は心配になってきた。

「おまえ、熱でもあるのか？」

そう言われてみると本当に熱があるような気がして、自分の額を触ってみた。

「そうですね。熱、あるかもしれません」

トローンとした目で半田を見つめた。

「保健室に行くか？」

「そうしてみます」

立ち上がった竹村はニタニタしながら廊下に出ていった。

授業中の廊下は静かでひんやりと心地良く、歩いているると足が地面から浮いているような気分になった。階段を降りると給食室のほうから牛乳瓶がゆれてぶつかる音や、食器の重なる音がして、食べ物の匂いが漂ってきた。そして向こうの保健室からは微かに歌声が聞こえてきた。

保健の岡安先生はシャンソンを趣味で歌っている太ったおばさんで、保健室でよく歌を歌っている。

竹村が扉を開けると、さらに大きく廊下に歌声が響いてきた。岡安先生は扉が開いたことにも気づかず、鏡に向かって大きな口を開け、目をかっぴろげて無心に歌っていた。これは邪魔をしてはならないと竹村は静かに扉を閉めた。

そしてチャイムが鳴るまで保健室の前の廊下を行ったり来たりしていた。

ようやく放課後になった。いつもならダラダラと帰りの支度をしている竹村であったが、その日は、「あのさ、おれ、先に行ってるから」と松岡と梅田を残し、廊下を走っていってしまった。

竹村は、もしかしたら仲本さんが一人、駄菓子屋で待っているかもしれないと思っていた。もの凄い勢いで走ってきたが仲本さんはまだ来てなかった。息を切らしながら店の前に座ると、店の中から婆さんの念仏と仏壇に向かって叩く団扇太鼓の音が響いていた。

しばらくしてやってきたのは松岡と梅田だった。

「なんだい。今日のチンチロリン負けたから、逃げたのかと思ったよ」

松岡は竹村の足を蹴った。

「逃げてなんかいねえよ」

「なら、なんであんなに急いでたんだよ」

「いやいや、別に急いでなんかいねえよ」

「じゃあ早くチェリオ買ってこいよ」

チェリオを手に持って出てきた竹村は、松岡と梅田に渡すと、再び落ち着きなくキョロキョロしはじめた。

「なあ、さっきから、なにやってんだよ？」

「え？　なにが？」

「うっとーしいんだよ！　猿じゃねえんだから、落ち着けよ」

「猿？」

「さっきから猿みたいなんだよ」

今から仲本さんが来るというのに、猿のようだというのはさすがに格好悪い。

「今日はどうしたの竹村くん？」梅田が言った。

「いや、別に、どーってことねえんだけど」

「ションベンしたいんじゃねえのか？」

「え？　なんで？」

「前にもあったろう。ゲームセンターで、ションベンしたいの忘れてゲームしてたら、猿みたいに落ち着きなくなって漏らしたこと」

「漏らしてねえよ。スポイトで二滴くらい出ただけだろ。でもな、そう言われると、確かに小便をしたい気がしてきた」

竹村は駄菓子屋の脇にある路地に入り、ズボンのチャックを下ろし、壁に向かって放尿しはじめた。小便は湯気を立てながら勢いよく壁にはじけていった。

「ひゃっひゃー、ほーう」

路地のほうから一人馬鹿みたいに騒いでいる竹村の声が響いてきた。松岡と梅田は顔を見あわせた。

「あいつ、いつも変だけど、今日は特に変だな」

「仲本さんいなくなってから、元気ないと思ってたけど」

「そうだよな」

「反動でおかしくなっちゃったのかな」

路地のほうから「ひゃっひゃっひゃ、ほう」が聞こえている。

竹村は子供の頃から、楽しいことや嬉しいことがあるとギリギリまで小便をすることを忘れてしまう癖があった。今日は朝から小便をしていなかったから、放尿はなかなか終わらない。

松岡と梅田がチェリオを飲んでいると、向こうのほうから「松岡くーん、梅田くーん」と声が聞こえた。見ると自転車に乗った仲本さんだった。

「ひさしぶりだね」

仲本さんは自転車を店の前に止めた。

「戻ってきてたんだ」松岡が言った。

「おととい戻ってきたの。昨日、竹村くんと会ってね」

「そうか、そうだったのか、なるほど」

「竹村くんは？」

路地のほうからは相変わらず「ひゅっひゅるっ、ひゃあ〜。止まらねえよー」と聞こえていた。

三人で路地を覗いてみると、竹村は右手をぐるぐるふりまわしながら、うねる尿を投げ縄に見立て、カウボーイ気分で放尿していた。

竹村は仲本さんがいるのに気づき「あっ」と声を出し動きを止めた。しかし小便は出続けていた。

三人は無言でその場を後にした。

路地から出てきて竹村は、「小便止まらなくて」と言い訳をした。

「おまえ、だいじょうぶ？」松岡が眉をひそめた。

「なにが？」

「こーんなんなって、立ち小便してる奴はじめて見たよ」

松岡は右手をぐるぐるふりまわし、さきほどの竹村の真似をした。

「ひゅっひゅるって、頭、完全イカれちゃったのか？」

「だって、あれは、カウボーイだもん」

「カウボーイ？」

「小便が投げ縄でさ、壁にある染みが牛で、その牛を、まーるく囲めば、捕まえたことになるわけなんだな。まあゲームの一種だな」

仲本さんが首をかしげた。

「いや、だから投げ縄なんだけど。でも、仲本さんには難しいかもしんないね」

「おれにだって難しいよ」

「ぼくにも難しい」

竹村はどうにも納得いかない顔をしていた。


駄菓子屋を後にした四人は隅田川まで歩き、吾妻橋を渡って土手に座った。そこで仲本さんは、お母さんが亡くなったことや来週アメリカに行くことを松岡と梅田に話した。

「仲本さんとおれはお父さんだけで、松岡と梅田はお母さんだけだからさ、どちらかといえば、おれと仲本さんが仲間だな」と竹村が言った。

「お母さんじゃなくて、ぼくは、お姉ちゃんなんだけど」梅田が言った。

「ああそうか」

「でもさ、そんなの関係ないんじゃない。みんな、仲間でしょ」

仲本さんが言うと、竹村も、

「そうだそうだ」と言った。

「調子いいんだよ、テメエ」

松岡は呆れた顔をした。

「とにかくさ、仲本さんがアメリカに行っちゃう前に、お別れ会しなくちゃいけないね」梅田が言った。

「うん、そうだそうだ。やらなくちゃならねえ」

「お姉ちゃんがホットプレート買って、お好み焼パーティーやりたがってたから、お別れ会もかねて、うちでやろうか」

「おーいいねえ。おれ、お好み焼、百枚くらい焼くよ」

「百枚も食えるか馬鹿」

「食えますよ」

「馬鹿だから食えるんだ」

四人は週末、梅田の家に集まることになった。さらに仲本さんが松岡の歌を聴きたいということで、二次会を松岡の家のスナックで行うことになった。

お別れ会の当日、梅田と姉ちゃんは上野まで食材の買い出しに行った。松岡と竹村はスナックで飾り付けをしていた。風船や色紙を天井からぶら下げ、松岡が白い布の垂れ幕に、「さようなら仲本さん」と書こうとすると、竹村が、

「さようならってのは、なんか嫌だな。さみしくなっちゃうだろ。さようならじゃ、もう会えなくなっちゃいそうだもん」

「んなら、また会う日まで、とかにする?」

「それいいねえ。また会う日まで、そりゃいいや」

「歌でもあるんだぞ、〝また逢う日まで〟ってのが。でも、〝逢う〟って漢字が難しいんだな」

松岡はカラオケのスイッチを入れ、リモコンをいじくると、ステージのモニターに、「また逢う日まで」と出てきた。「ああ、この字だ、この字」と言いながら紙にメモした。

パッパッパラッパパ　パッパッパラッパパ
パーパーパーパーパーラー
パララー

前奏が流れると、竹村が歌えと言うので松岡はマイクを握った。熱唱する松岡の歌を聞き入る竹村であったが、歌詞に「なぜかさみしいだけー」という言葉があって心にしみてきた。

上野から家に戻ってきた梅田と姉ちゃんは、イカやタコを切り、キャベツを刻んでボールに入れ、お好み焼の準備を始めた。

準備が終わると、姉ちゃんは疲れて、スウェット上下に着替えて缶ビールを飲み出した。

一方、エプロンをして待っていた梅田は、みんながやって来ると、ホットプレートに生地を流し、お好み焼を焼きはじめた。梅田は岐阜にいた頃に姉とよくお好み焼屋に行っていたので、焼くのは慣れていた。じっくり焼いたお好み焼は、表面がしっかり焼けて中身はふわふわだった。

「わ、これ凄い美味しいよ！」

仲本さんが顔をほころばせる。

「フィリピンにお好み焼ないの？」

姉ちゃんが缶ビールを開けながら言った。

「似たようなのがあるけど、これはソースが甘くて美味しい！」

ソースはアメ横の乾物屋で買ってきたオタフクソースだった。

「ほら、このソースだよ」

梅田が渡すと、仲本さんは貼ってあるお多福のシールを見ながら、

「この人だれ？」と訊いた。

「オタフクよ」

「オタフク？」

「うん。オタフク。幸せそうな顔してるでしょ、福がたくさんある人なの」

「フク？　フクってなに？」

「フクってのは、なんだ？　ラッキーってことかな」

「じゃあこの人は、ラッキーだから笑ってるの？」

「そう。でもね、こんなふうにいつも笑っているから、福を呼び寄せるのかもしれないね」

「おれも、どちらかといえばいつも笑ってます」

竹村が、頬を膨らませて、オタフクの顔まねをした。

「おまえは馬鹿だから笑ってるんだよ」と松岡が言った。

「焼けました！」

梅田はヘラでお好み焼を分割して配った。

「梅田くん、ぜんぜん食べてないじゃない」

仲本さんが言うと、

「よっし、じゃあ、おれ焼いちゃうよ！　交代しようぜ」

先ほどから焼きたそうにしていた竹村が立ち上がった。すると松岡が、

「おまえ、ちゃんとションベンしてから焼けよ。焼いてる最中にションベンしたくなったら困るぞ」

「ああそうか、そうだったな」

便所から戻ってきた竹村は、仲本さんに、

「ねえ竹村くん、ちゃんと手洗ったの？」と指摘された。

「ああそうだ。忘れていた」

洗面所で手を洗ってきた竹村は、梅田のエプロンを借りて焼きはじめた。しかし「早く焼けろ焼けろ」とヘラでペタペタ叩いたりして、「駄目だよ、そんなことしちゃ！」と梅田に怒られ、あげく形は変形していき、オーストラリア大陸みたいになってしまった。

焼き上がったものの中身はぐちゃぐちゃで、みんなに「美味しくない」「もう焼くな」「梅田くんのほうが美味しかった」と言われ、珍しく落胆した顔をして、エプロンをはずした。

それからはずっと梅田が焼くことになった。焼き上がっていくお好み焼きを食べ続け、腹一杯になったみんなは、動けなくなってしまい、しばらく床に寝転がっていた。しかしこれから松岡の家のスナックで二次会があるので、腹ごなしに浅草寺までお参りに行くことにした。

浅草寺の境内は人が少なく、本堂はライトアップされていたが、吹き抜ける風が冷たかった。みんなはなんだか淋しい気分になってきて、遠くからお参りをしてそそくさとその場を後にした。

スナックでは松岡の母ちゃんが大量の焼うどんを用意して待っていたが、満腹なので誰も食べることができなかった。

店は貸し切りでほかのお客さんはいなかった。姉ちゃんはウィスキーの水割りを飲み、子供たちはジュースを飲んだ。

カラオケは、まず松岡が「自動車ショー歌」を歌い、みんなで合唱して盛り上がった。

その後、竹村がアニメの歌を歌ったが、もの凄く下手だった。梅田は恥ずかしがって歌おうとしないでいると、姉ちゃんが「木綿のハンカチーフ」を歌った。

仲本さんは、「この歌はね、ママが好きだったの」と言って、ビートルズの「イン・マイ・ライフ」を英語で歌った。彼女は、お母さんが歌手だったというだけあり、情感たっぷりに歌い上げ、みんなの心を動かした。英語の意味もわからなかったが、姉ちゃんが泣き出し、つられて梅田も竹村も泣きはじめ、松岡の母ちゃんは声をあげておいおい泣き、松岡も目に涙を浮かべていた。

仲本さんはステージの上から泣いているみんなを眺め、逆に可笑しくなってきた。

「頑張れ、頑張るんだよ、仲本さん!」

松岡の母ちゃんが叫ぶと、松岡が、「うるせえよ、そんなこと言われなくても頑張ってるよ仲本さんは」と言った。

歌い終わって席に戻ってくると、姉ちゃんが仲本さんを抱きしめた。仲本さんも涙があふれてきた。でもそれは悲しいというわけではなく、みんなに会えた嬉しさからだった。

しばらくすると、竹村が司会風にステージのマイクを握り、

「ではみなさん、アメリカに行ってしまう仲本さんではありますけれど、さようならじゃなくて、絶対また会えるからという気持ちを込めて、松岡が歌います!」

竹村がクラッカーを鳴らし垂れ幕のヒモを引っぱると、「また会う日まで、仲本さん」と書かれた幕が下りてきて、同時にカラオケから、「また逢う日まで」が流れ出した。そして、いつの間にか蝶ネクタイにタキシード姿になった松岡がステージに上がった。この服は、三年くらい前

に母ちゃんの従姉妹の結婚式のために買ってもらったものだったので、サイズが小さく、つんつるてんだった。

パッパッパラッパパ　パッパッパラッパパ
パーパーパーパーパーパーラー
パララー

前奏が流れ、松岡が渋い顔をして歌いはじめると、仲本さんが、「ああ、この歌知ってるよ！お父さんが好きなやつだよ！」と興奮した。
その後は松岡のディナーショーのようになった。そして「もう一度、もう一度」と仲本さんにせがまれ、五回も「また逢う日まで」を歌い、最後はみんなで大合唱をした。

松竹梅と姉ちゃんは仲本さんを家まで送っていくことにした。国際通りに出ると姉ちゃんが、「みんなで手をつなごう」と言うので、姉ちゃん、仲本さん、松岡、梅田、竹村の順で手をつないだ。でも、竹村が「この順番は嫌だな」と言うので、仲本さんと松岡の間に入った。すると今度は松岡が、「竹村なんかと手をつなぎたくない」となり、最終的には、松岡、姉ちゃん、仲本さん、竹村、梅田の順になって、歩いていった。

「帰ってきたよぉー」

仲本さんが扉を開けると、背が高くて彫りの深い顔に髭を生やした男の人が出てきた。

松岡は、この人が誰かに似ていると思った。それは、「また逢う日まで」を歌っている尾崎紀世彦だった。

「こんばんは、リツコの父です。松岡くん、竹村くん、梅田くんだね。いつもリツコと遊んでくれて、ありがとう」

竹村は自分の父ちゃんと比べ、お父さんという存在が、こんなにも素敵であることにショックを受けていた。お父さんは横に立っていた姉ちゃんを見て、

「梅田くんのお姉さんですね。お世話になってます」とお辞儀をした。

低く響くお父さんの声にうっとりした姉ちゃんは舞い上がり、お辞儀をすると、自分が穿いている部屋着のスウェットが目に入って恥ずかしくなってきた。

「お茶でも飲んでいきませんか?」

「いやいや、わたし、こんな格好ですし」

姉ちゃんが言うと、梅田が、

「格好、関係ないじゃん。家だといつも、その格好じゃない」

「そんなことないよ。もう少しまともな格好してますよ」

「じゃあ、どうして今日はその格好なの?」

仲本さんが訊いた。

「そうだね、うん。すみません、嘘つきました。いつもこんな格好です」

姉ちゃんは情けない顔をした。お父さんが、「とにかくあがってください」と言った。

「そうだよ、これでサヨナラはさみしいもん」

仲本さんが姉ちゃんの腕を引っぱった。

みんなは、お葬式のとき人が集まったりする、だだっ広い大広間に通された。姉ちゃんは、どうにもスウェット姿が恥ずかしかった。するとお父さんが、「寒いですよね」と石油ストーブを点けてくれ、おばあちゃんが、お茶と羊羹を持ってきてくれた。

「あっ、お姉さんはお茶じゃなくて、お酒のほうがいいですよね」

「いや、お構いなく」

「いやいや自分も飲みたいので」

「そうですか、じゃあ飲んじゃいましょうか。でも、今気づいたけど、あたし、ここにソースの食べこぼしの跡がありますね」

姉ちゃんは、トレーナーのお腹の部分をつまんで、「まいったなぁ」と言った。

「とにかく、飲みましょう」

お父さんは大広間の床の間に積まれている檀家さんから貰ったお酒の中から、ブランデーを取り出した。

「ブランデーでいいですかね?」

「はい。なんでもなんでも」

仲本さんは、子供の頃の写真を出してきて松竹梅に見せていた。

「ほら、これがフィリピンで住んでいた家だよ」

そこは緑の芝生が広がるお城みたいな家で、三人は目を丸くして眺めていた。梅田は、この家、どこかで見たことがあると思った。それは姉ちゃんの働いている店だった。

「これがお母さん」

豪華なダイニングで微笑むお母さんは、目がパッチリしていて仲本さんにそっくりだった。

ふたたびお酒を飲みはじめた姉ちゃんは、スウェット上下で恐縮していたことも忘れ、いつもの調子に戻っていた。

「あれですか?　お父さんはお坊さんになるつもりはなかったのですか?」

「いやあ、自分は、ずっとふらふらしていたもんですから」

「お寺って、継ぐ人がいないと駄目なんですよね」

「お寺は弟が継いでくれてます」

「じゃあ好き放題やってきて?」

「そうですね」

「あ、すいません好き放題ってわけでもないですよね。それなりに、アレですもんね、大変ですよね」

「そんなことないですよ。すぐ家を飛び出しちゃったもんですから」

お父さんは煙草に火をつけた。テーブルに置かれた煙草の箱は日本では見たことのないものだった。

「いろんな国に行かれていたんですよね。リツコちゃんから聞きました」

「そうですね。でも、しっかりした目的があったとかじゃなくて、本当、ぷらぷらしてただけで、酷いもんですよ」

「わたしなんて、日本から出たことないですもん。日本でも特殊なところばかりで働いているし」

「お仕事は、なにされているんですか?」

「ここの近所です。吉原です」

あまりにもあっけらかんと言われたので、お父さんは少しとまどった。

「じゃあ近所ですね」

「そうなんです。行ったことありますか」

「いや、行ったことないんです」

「今度遊びに来てください」

そう言われたが、お父さんは答えにつまってしまった。

「冗談です。すみません。さすがに知ってる人に来られるの、ちょっと恥ずかしいです」

姉ちゃんは笑いながら、あぐらをかいた。その笑顔を見て、お父さんは一度店に行ってみたいと思ってしまった。

「お姉さんはどちら出身ですか？」

「岐阜です。両親が亡くなって、弟と東京に出てきたんです。だから岐阜と東京しか知らないんです。ああ、あたしもどこか外国行ってみたいなぁ」

「遊びにいらしてくださよ、サンフランシスコ」

「本当に行っちゃいますよ」

「どうぞどうぞ」

「でもサンフランシスコってなにがあるのか知らないし、あたし英語なんて、まったく喋れませんよ」

「だいじょうぶですよ、僕が、どこでも連れて行ってあげます」

姉ちゃんは今の仕事にそろそろ疲れてきていた。梅田が中学に入る頃にはほかの仕事をしたいとも思っていたので、ふといっそ日本を出てしまうのもいいかもしれないと思った。

「それ本当に考えてみちゃおうかな」

最近辛いことの多かった仲本さんのお父さんであったが、姉ちゃんと話していたら不意に明るい気分になってきた。

仲本さんは松竹梅にサンフランシスコの絵葉書を見せていた。

「あたし、この街に住むんだよ」

路面電車の走る坂道、向こうに青い空と広い海。そこには松竹梅が生きている世界とはまったく違う明るさがあった。

竹村は食い入るようにその絵葉書を見ていたら、小便がしたくなってきた。

「おれ、便所行きたいんだけど、どこですか？」

「廊下に出て、つきあたりを左だよ」

廊下に出ると、お父さんの大きなスーツケースが置いてあった。しかし、まだ用意をしていないらしく開きっぱなしで中身は空っぽだった。

竹村はこの中に入って、アメリカに一緒に連れて行ってくれないものかと思った。さらに実際、自分が入れるような気がして、膝を抱えて横になると身体がちょうど収まり、中のヒモをひっぱってみた。

「カチッ」と音がすると、中は真っ暗闇になった。

音もなくなり、自分すら消えてしまいそうな気がした。身体を屈めて入っているのに窮屈な感じはなく、暗闇はどこまでも広がっていくようだった。竹村は自分の入っているこのスーツケースが大海原を漂っていることを想像した。向こうのほうに広がる青い空の下は、さっき絵葉書で見たサンフランシスコだった。

しばらくして小便をしたいのを思い出し、スーツケースから出ようとしたが、内側から開かなかった。

大広間で写真を眺めていた松岡、梅田、仲本さんは、なにやら物音が聞こえたので廊下に出てみると、スーツケースがガタガタゆれていた。

子供たちの悲鳴を聞いて姉ちゃんとお父さんも廊下に出てくると、スーツケースの中から「助けてくださーい」と微かな声が聞こえていた。お父さんがスーツケースを開けると、竹村が「うわーっ」と飛び出し便所に走っていった。

先生の素行

千束にある小学校まで毎朝、担任の半田は言問通りを自転車で走っていく。自転車は自慢の数十万円もする緑色のスポーツタイプで、小学校の自転車置き場では「さわるな」と書いた貼紙をして、生徒たちがさわると本気で怒るので、そんなに大切なら学校に乗ってこなければいいのにと、ほかの先生たちは思っていた。

根津の交差点から鶯谷までの上り坂はギアを調整しながらのぼっていくのだが、車道を必死にペダルを漕いで走っていくので、後方の車は邪魔でしょうがなかった。半田自身もそれを承知で、車に抜かされないように邪魔をしたりもする。

半田は子供の頃から競争心が強くて負けず嫌いだったが、今となってはたんに大人気ない性格だった。

その日も後方からやってきたタクシーにクラクションを鳴らされたので、腹を立てた半田は、わざとよろけてスピードを落とし、自転車をセンターラインのほうまでもっていき邪魔をした。

しばらくすると、タクシーの運転手が窓を開け、「テメエ、なにやってんだ！」と怒鳴り、強引に抜かしていこうとした。すると車体が半田の身体にぶつかりそうになって、よろけた半田は、体勢を立て直しながら追い抜いていくタクシーの後部ドアを思いっきり蹴り飛ばした。

タクシーは前方で急停車し、運転手が飛び出してきた。半田はさっと左に折れて谷中墓地のほうへ逃げ込んだ。

タクシーのドアはくぼんでいた。運転手は、「おい、待て！　待てよ、このやろう」と怒鳴ったが、自転車はさらにスピードを上げ、墓地のほうへと突っ込んでいった。

その後ろ姿を眺めながら、どうすることもできないタクシー運転手は、男が小学校の教員だとは想像もしなかった。

すぐ腹を立てるくせに気が弱く、いつもイライラしている半田であったが、ここ最近の一番の原因は三年前に結婚した妻にあった。

妻も半田と同じ小学校の教員だった。今は専業主婦をしているのだが、家事はほとんどせず、寝てばかりいるので、結婚してから三〇キロも太った。

今朝も家を出るときに妻は眠っていた。この一年間、出かけるときに彼女が起きている姿を見たことはなかった。

彼女は昼に起き出すと、まずはテレビを見はじめる。冬は炬燵の中に入りっぱなしで、お腹が空くと、デリバリーピザや蕎麦屋の出前を頼む。近所のスーパーに行くこともあるが、買ってくるのは、弁当や菓子パンだった。夜中も、半田が布団の中に入っていると、居間からテレビを見ながらゲラゲラ笑う彼女の声が響いてくる。

すでに夫婦関係は冷えきっていたし、結婚にも後悔していた。半田は以前、妻を怒ったことがある。もっと家事をやってくれ、主婦の仕事をしろと。しかし、「だったら、あんたが出ていけばいい」と逆に怒られ、それ以来、妻になにも言えなくなってしまった。

半田の住んでいる根津権現の近くにあるマンションは、ビル自体が妻の親の持ちもので、半田のせこい性格と無用なプライドは、割りきって離婚をして家を出ていくことを許さなかった。

昨晩も家に帰ると、妻はテレビを見てゲラゲラ笑っていた。台所のテーブルにはスーパーマーケットの冷めた弁当が置いてあった。

居間のドアを開けると妻の笑い声は消え、半田を一瞥すると、なにも言わずにまたテレビに目をやって、ゲラゲラ笑いはじめた。半田は台所に戻って冷たい弁当を食べた。


ボクシングジムに行く前にランニングをしていた竹村は、今では朝も走るようになっていた。

仲本さんがアメリカに行ってしまってから、ボクシングでなんとかなってやろうという決意は、自分でも驚くほど強固なものになっていて、そんな竹村の姿にぐうたらの親父も心を打たれ、彼がランニングから戻ってくると、朝飯を作って待っているようになった。

朝飯は、冷や飯をレンジで温めたものにおしんこと納豆、味噌汁で、毎回同じメニューだった。味噌汁は、竹村が走っている間に作ってくれるのだが、出汁は薄く味噌が多くて、やたら塩辛かった。しかし親父がこのようなことをしてくれたことは今までなかったので、塩辛い味噌汁でも、竹村にはじゅうぶん気持ちが伝わって嬉しかった。

夕方のランニングコースは隅田川方面だったが、朝は日暮里に出て谷中の墓地を抜け、言問通りに出て、鶯谷から浅草方面に戻るコースだった。

夕方の墓地は物悲しく、走る気にはなれなかったが、朝の墓地は静かで、墓石の間を走っていると清々しい気分になれた。墓石の間をもくもくと走っていると竹村は、土に埋まっている骨も自分の味方だと思え、墓石の上にとまってお供え物の饅頭やみかんを狙っている凶悪なカラスでさえ、のどかに思えた。

週末は、墓地の参道入口に行商のお婆ちゃんが、野菜やおこわなどを売りにきているのだが、竹村はいつのまにやらそのお婆ちゃんとも仲良くなっていた。

ある日、走っていた竹村はお婆ちゃんに呼び止められ、「あんた毎週走っているけど、頑張ってるね、根性あるね。ちょっとおいで」と紙パックのオレンジジュースをもらったのがきっかけだった。それ以来、竹村は昼までお婆ちゃんの横に座って店番を手伝ったりした。

店番といってもたわいもない話をするだけであったが、お婆ちゃんも一人だと暇なので、ちょうど良い話し相手になった。

竹村のほうも、お婆ちゃんと話すのは親父と話す感じとは違うし、友達との会話とも違って楽しかった。竹村は母親がいないし、親父の両親は、竹村が物心ついたときには二人とも亡くなっていたので、祖父や祖母を知らなかった。お婆ちゃんといえば、駄菓子屋の、いつも太鼓を叩いている婆さんぐらいしか知らなかったので、行商のお婆ちゃんとのんびり会話をするのは新鮮で、やけに自分が素直になれた。

「あんた、ボクシングやってんのかい」

「世界チャンピオンになるからね。そのときの試合は観にきてね」

「それは、あと何年くらいかかるのかね」

「十年くらいかな」

「それまで、あたしは生きてるかな」

「でもね、中学卒業したら、高校行かないですぐプロ目指すから、もう少し早くなるかもしれない」

「いやいや、高校は行ったほうがいいよ」

「なんで?」

「あたしは小学校しか出てないからさ、そう思うよ」

「え?　中学も行かなかったの」

「行こうにも行けない時代でね」

「いい時代ですね」

「そんな、いい時代ではなかったけどね。でも、今と比べたらよかったかもしれないね」

お婆ちゃんは、千葉のほうからここにやってくる。平日は農作業をして週末に野菜を背負って売りにくるのだが、おはぎや、おこわも売っている。

おはぎをもらって帰った竹村は、親父と一緒に食べると、もの凄く美味しくて、二人で感動した。冷めてもほくほくのもち米に、ちょうどいいあんばいのアンコがへばりついたおはぎはお婆ちゃんの手作りで、それ以来、二個買って帰ることにしていた。

お婆ちゃんは、店番を手伝ってくれているからお金はいらないと言うけれど、「こんなに美味しいのだから、絶対に、お金を払わなくちゃいけない」と親父が言うので、お金は必ず払うことにしていた。

その代わり、お婆ちゃんは竹村にたくさんの野菜を持たせた。いくら竹村が断っても、持って行かされた。だが当然食べきれず、ボクシングジムに持って行ったり松岡や梅田の家にも配った。

その日の朝、竹村が日暮里のほうから墓地を抜け、言問通りに出ようとすると、いつもお婆ちゃんがいるあたりから、もの凄い勢いで自転車が走り込んできた。

自転車に乗っている男は半田だった。竹村は反射的に大きな墓石の後ろに隠れた。目の前を通り過ぎる半田は顔を真っ赤にさせて、飛び出た下唇がちぎれてしまいそうだった。

墓地の中は自転車走行が禁止なのに、半田はおかまいなしで走っていった。しかし墓石の間を曲がろうとした瞬間、後輪が滑って転倒した。

「ざまあみろ」

竹村は思わず口に出した。

転んだ半田は、ズボンがすり切れてこめかみから出血していた。舌打ちをしながら立ち上がり自転車にまたがって、ふたたびペダルを踏み込むと、自転車のギアの部分が壊れたらしく鉄の軋む甲高い音を立てた。

竹村は朝っぱらから嫌なものを見てしまったと思い。ふたたび走りはじめた。

言問通りに出ると、タクシーが停まっていて無線で運転手がなにやら話していた。言問通りをしばらく走って、電車が下に走る橋を渡り鶯谷のラブホテル街を抜けていった。

家に戻ると親父が味噌汁を温めてくれていた。

「今日は、たまご入りだぞ」

得意げな親父であったが、やはり出汁は薄かった。

梅田は姉ちゃんが焼いてくれた目玉焼きとトーストを食べ、松岡は昨晩の飯をお茶漬けにして家を出た。

三人は学校に向かう途中の公園で落ち合い校門に向かった。

校舎の脇にある自転車置場には半田の自転車が止まっていた。いつもはピカピカに磨かれていた自転車に、さっき転んだときにできた傷がついていた。しかし、Ａ４の紙にマジックで「さわるな」と書いた紙は忘れずに貼り付けてあった。

竹村は今朝、墓地で半田がスッ転んでいたのを思い出し、二人に話した。

「スゲエ顔して自転車漕いできてさ、ベロンってなってる下唇が切れそうだったよ。こーんなだよ。こーんな」

竹村は下唇を出し「フガー、フガー」と顔を真っ赤にさせ、肩を上げ下げしながら、首を前後に振った。半田の顔真似をしていたら、野生のなにかが目覚めたように興奮してきて、それが過剰になり、まったく違うものになっていた。

「ゴリラみたいだけど」梅田が言った。

「フガーフガー、フガーッ！」

松岡は、竹村のことを無視して、

「そういえば、うちのスナックに来る常連さんが、上野で酔っ払って駅前の花壇の花引っこ抜いてる半田を見たって話してたな。あいつストレス溜まってんだろうね」

「そんな感じがするよ」と梅田はうなづいた。

「なに、ストレスって？」竹村が訊いた。

「ストレスは、ストレスだけど、なんて説明したらいいのかな？」

梅田が考えていると竹村は、

「ストレートは真っすぐだけどな。ホラ」

とストレートパンチを出してみせた。

「いや、真っすぐじゃなくて、曲がったものが、いろいろたまったりしてさ」

梅田がしぶとく説明しようとすると、松岡がさえぎった。

「だからストレスはストレスだよ。竹村はストレスなんてないから、説明してもわからねえよ」

下駄箱で上履きに履き替え、一階の廊下を歩いていると、半田が保健室から出てきた。目が合ったので、松竹梅は軽く頭を下げた。

「おまえら、口ないのか、おはようございますくらい言えないのか」

「おはようございます」

とボソボソ言う三人の声はほとんど聞こえない。

半田のこめかみには絆創膏が貼られ、ズボンは破けたからなのか、白いワイシャツに体育のときに穿く青いジャージだった。竹村は、今朝のことを思い出し、笑いそうになってしまった。

「まったく」

半田は言い捨てて不機嫌に廊下を歩いていった。

「あのバンソウコウ、あれ自転車でスッ転んだときにできた傷だよ。ダセエな」

階段を三階までのぼり、教室に入った松竹梅はベランダに出た。教室の中はどうも居心地が悪く、朝はこのように欄干に肘をつき、ベランダから見える中庭を眺めながら、ダベっていることが多かった。

「来月、のど自慢大会があってさ。出ようかと思っているんだけど」

松岡がボソリと言った。

「おお、いいじゃんか」

「優勝すると賞金が三十万円なんだ」

「三十万って！　すげえじゃんか！」

驚いた竹村の顔面は、猿が凍ったみたいだった。

「だって、三十万って、子供が貰う金じゃねえぞ」

「でも、それ大人も出る大会なんでしょ」

梅田はいたって冷静だった。

「そうなんだよ。だから、簡単には優勝できないと思う」

しかし松岡は自信に満ちた感じでもあった。

「ぼく姉ちゃんと応援に行くよ」

「ありがとう」

「おれも行くぞ、垂れ幕とか作ろうか」

「そんなもん作らなくていい」

「でも実際のところ、三十万ってどのくらいの金なんだ？　よくわかんねえな。一万円札が三十万枚ってことだろ」

「あたりまえだろ」

「そのあたりまえの感じがよくわかんねえんだよ」

竹村は、ほじくった鼻くそを三階のベランダから指で勢いよく飛ばした。すると、「あっ！　ホラ、おれすげえ！　見てみろよ」と中庭の花壇を指した。

そこは、色とりどりの花が丸く植えられていた。

「なに？」

「ほら、アレだよ、アレ見てみろよ」

欄干から、身を乗り出して、のぞいた松岡と梅田であったが、やはり、なんだかわからなかった。

「花壇だろ」

「違うよ。おれの飛ばした鼻くそが、あの赤い花の花びらにくっついてるだろ」

見えるにしろ見えないにしろ、二人はどうでもいいことだと思った。

「だからなんなの？」

「凄くないか？」

「狙ったの？」

「あたりまえだろ」

「つうか、おまえ目が良すぎるんだよ。馬鹿だから」

「馬鹿は関係ないだろ」

「関係あるよ。馬鹿だから」

「バカバカうるせえな」

「ぼくなんかまったく見えないもん。花びらですら、ちゃんと見えない」

梅田が言った。

「ボクサーは目が良くなくちゃ話にならねえからさ」

「だからって花に鼻くそ飛ばしてどうするつもりなんだよ」

「どうするもこうするも、じゃあ、おまえらやってみろよ」

三人は鼻くそを花壇に飛ばしはじめた。

チャイムが鳴ったが、まったく気づかずに、熱中していた。

教室にはすでに半田が入ってきていた。

「難しいだろう」

「つうか、もう鼻くそが尽きたよ。だいたいおまえ、なんでそんなに鼻くそがつまってるの?」

「汚い空気を吸ってると鼻くそが溜まるっていうよ」

梅田は言いながら、指をズボンで拭いていた。

「空気のキレイなところに住んでいる人は、鼻くそ溜まらないってこと?」

鼻に指を突っ込んだまま竹村が訊く。

「そうなのかな？　わかんないけど」

「でも、なんだか寂しくないか。鼻くそのない人生なんて」

窓ガラスの向こうでは半田が出欠をとっていた。

一方ベランダでは、竹村が鼻くそをほじくって、再び花壇に狙いを定めていた。

「いくぞ、見てろよ」

突然ベランダの窓が開いた。

「おい！　なにやってんだおまえら！」

半田が怒鳴った。振り返った竹村は反射的に指の鼻くそを半田に飛ばしてしまった。

「なにすんだおまえ」

半田は竹村をベランダから蹴り落としてやりたかった。

「おまえらは、このままベランダに出てろ！」と言って、ベランダに通じるドアや窓の鍵を全部閉めてしまった。

クラスのみんなは、ベランダに閉め出された松竹梅を笑って眺めていたが、半田になにか言われたらしく一斉に教壇のほうを見た。

半田の声は外には聞こえてこなかった。

「ちょうど良かったんじゃねえの」

竹村は呑気に言う。

「さあ、思う存分、鼻くそ飛ばそうぜ」と鼻に指を突っ込んだ。

「だから、もう鼻くそはねえよ」

松岡と梅田はベランダに落ちていた小石を投げた。竹村の鼻くそは、最初の一回きり狙った花には飛んで行かなかった。

「やっぱ、まぐれだったんじゃねえの？」

松岡はいぶかしげだった。

「まぐれじゃねえよ」

とうとう竹村の鼻くそも尽き、小石もなくなったので、今度は三階のベランダから唾を垂らし、地面に転がっていたタワシに狙いをさだめて遊んだ。


休み時間になっていたが、鍵は閉まっているので三人はベランダに出されたままだった。半田のいなくなった教室ではクラスの連中がこちらを見て笑っていた。

船木やその一味は、ガラスの向こうから、「バーカ」と口を動かし、こっちに来れるものなら来てみろと手招きをしていた。

「馬鹿野郎、行こうと思ったら簡単に行けんだ、このやろう」

松岡はベランダの端まで行き欄干を乗り越え、壁の配管に手をかけた。

「あれれ。松岡、行っちゃうの？」竹村が言った。

「ここは、もう寒いしよ」

「じゃあ、おれも行こうかな」

梅田が一人まごついていると、

「梅田は待ってな、すぐに救出してやるから」

竹村も欄干を乗り越えた。

まずは松岡が配管をつたってするする降りていき、竹村が続いた。

二人は以前も度胸試しで、五階の教室から降りたことがあった。そのときは教頭先生に見つかって怒られた。

五階からに比べれば、三階から降りるのはたいしたことなかった。

地面に降りた松岡は下駄箱のほうに走っていったが、竹村は花壇のほうに行き、花びらに付着した鼻くそを見て、「やっぱ、すげえなあ」と腕を組んで感心していた。

松岡が下駄箱を抜けて階段を駆け上がり教室に入ると、船木が椅子を持ちあげて、ガラス越しの梅田に投げるフリをしていた。

松岡が走って、船木の背中に飛び蹴りをした。椅子は大きな音を立てて床を転がり、怒った船木が松岡に飛びかかった。

「ああやっぱ教室は暖かいなぁ」

呑気に入ってきた竹村は、揉みあっている二人を見ると、喧嘩の間に入った。

「そうやって、すぐ喧嘩するのはよくねえぞ」

竹村が珍しいことを言うので、松岡は驚いた。以前ならすぐに加勢してくれたはずなのに、どうしたものかと思った。

「へっ？　おめえなに言ってんの？」

「喧嘩は良くないよ。もっとほかのことに力を使いなさい。船木、オメエも、そうやって、大人げないことするんじゃねえよ。結局、弱いくせに威張ってだな、仲間がいなくちゃ、なんにもできないんだから、大人しくしてろ」

「なんだと、この野郎」

「なんだとこの野郎なんて言うんじゃないよ」

竹村は船木をあしらって、ベランダの鍵を開け梅田を教室の中に入れた。

「喧嘩は良くない。もっとほかのことに力を使いなさい」とは、週末に会う行商のお婆ちゃんに、竹村が言われたことであった。

お婆ちゃんは、竹村がボクシングをやっていると聞いて、「喧嘩するのか？」と訊いてきた。「たまにすることもあるよ」と答えると、ボクシングはいいけど喧嘩はだめだ、喧嘩なんかするなら、ほかのことに力を使いなさいと諭された。

お婆ちゃんの弟は、キックボクサーだったらしいのだが、若い頃、チンピラヤクザにからまれ、喧嘩をしたあげく背中を刺されて死んでしまったのだった。その話を聞いてから、竹村も喧嘩は無闇にしてはならないと思うようになっていた。

　半田が教室に戻ってきたので松竹梅は席についた。教室を見渡した半田は、三人が席に座っているのを見ると、

「あれ、なにやってんだおまえら？　誰かに鍵を開けてもらったのか？」

「誰にも開けてもらってません」

　松岡が答える。

「じゃあ、なんで教室の中にいるんだ」

「自分でなんとかしたんですよ」

「自分でなんとかってなんだよ」

「ベランダから降りたんです」

「どうやって？」

「壁のパイプつたって」

「おい、なにやってんだよ。そんなことして怪我でもされたら、責任を取るのはおれだぞ、馬鹿なことするんじゃないよ。あのな、おれのクラスにおまえたちがいるのは本当に迷惑だ。おまえたち勝手すぎるぞ、他人のことなんか、まったく考えてないんだろ、自分たちさえ良ければいいんだろ」

　ムカッとした竹村が口を挟んだ。

「そんなことない。自分さえ良ければなんて、そんなことはないですよ」

「いや自分のことしか考えてないんだ」

「なんで先生にそんなことがわかるんですか」

「わかるよおれには、おまえら程度のこと」

「いや、わかってないです」

「なんだと」

「それより、おれのほうが先生のこと知ってるかもしれません」

「なに言ってんだ、おまえ」

「先生の、バンソウコウの下の傷、どうしてできたのか、知ってますよ」

「なにを知っているんだよ」

「今朝、谷中の墓地で転んでましたよね」

半田は黙ってしまった。

もしかしたら、竹村にタクシーを蹴ったところも見られていたのかもしれないと思った。だからこれ以上喋らせるのは、まずいと感じた。

「わかったよ。おまえはもう黙ってろ。とにかく放課後職員室に来い」

呼び出された竹村よりも、呼び出した半田のほうが放課後まで落ち着かなかった。

放課後になって竹村が職員室に行くと、半田は普段は使っていない物置になっている教室に竹村を連れていった。

　こんなところに連れてこられるなんて、相当怒られるぞと竹村は覚悟した。けれども、ほこりをかぶった机をひとつ挟んで向かい合うと、下唇の出た半田の顔は普段教室にいるときの顔とは違い、弱々しくて情けなく見えた。

　しばらく間をおいてから喋りはじめた。

「あのな、さっきのことだけど」

「さっきのことって、なんですか？」

「おれが、谷中の墓地で転んだのを見たって言ってたよな」

「はい」

「だいたい、おまえは、なんで朝からそんなところにいたんだ？」

「ランニングしてたんです」

「ランニングって、走ってたのか？」

「そうです」

「いつも走ってるのか？」

「そうです」

「なんでそんなことしてるんだ？」

「トレーニングですけど」

「ああそうか。おまえ確かボクシングやってるんだっけ?」

「はい」

「大変か、ボクシングは?」

「大変っていうか。やらなきゃならないし」

「なんでやらなきゃならないんだ?」

「お父さんに楽させたいし、いろいろです」

竹村は早くこの場から出ていきたかった。校門では松岡や梅田が待っているし、駄菓子屋にも行きたい。とっとと怒られて、謝って、終わりにしたかった。しかし半田は、要点が定まらない話ばかりしてくる。さらに、「おまえ、偉いな、親孝行だな」と感心までされて、気味が悪かった。

「ボクシングはプロを目指してるのか」

「そうです」

「おれは大学の頃、少林寺拳法部に入っていたんだけどな。まあ少林寺にプロはないけど」

「はあ」

「合宿がキツくてな。山の中一日中走りまわったりしてたよ」

半田は自分のことを喋り続けたが、竹村にはまったく興味がなかった。

「夜は夜で、先輩のシゴキがあってさ、朝は、まだ日の出ないうちから起こされて」

「そうですか」

「ボクシングもキツいだろ」

「おれはまだ子供だから。プロの人は減量とか大変そうだけど」

「そうか減量か」

「おれはまだ、やったことはないけど」

「そうかそうか」

半田はいったん話をやめて、外を眺めた。

「でな、おまえ、おれが自転車で転んだの見て、どうだった？」

「どうだったってなんですか？」

さすがに「ざまあみろ」と思ったとは言えない。

「どうだったっていうか。転ぶ前のおれのことも見てたんだろ？」

「転ぶ前は、言問通りのほうから、やってくるのを見ましたけど」

「それで？」

「こんなこと言うのもなんなんですが」

「なんだ言ってみろ」

「墓地の中は自転車に乗ったまま走るのはいけないんですよ。だからバチが当たったんじゃないんですか」

「転んで？」

「はい」

「ほかのバチは？」

「ほかのバチ？なんですかそれ？」

「例えば自転車で墓地を走る前、おれのしてたこととか」

「なにしてたんですか？」

「いや別になにもしてないけど。例えばの話だよ」

「知りませんけど。そんなの」

「そうかそうか。だったらいいんだ。うん」

半田は肩の力が抜けた。

「まあ、とにかくおまえはボクシング頑張れ。それでもっと素直になれ」

素直になるかなれないかは相手によるのだと竹村は思った。

「よし、今日のとこは、これでおしまい」

半田が立ち上がった。竹村は呼び出された意味がまったくわからなかった。

校門では松岡と梅田が待っていた。

「だいじょうぶだった？」梅田が訊いてくる。

「あいつ、なにが言いたかったのか、まったくわかんなかった」

「それは、おまえが理解できなかったんじゃないの、馬鹿だから」

と松岡が言った。

「そうかもしんねえ」

三人は駄菓子屋に向かった。

婆さんはあいかわらず仏壇の前で団扇太鼓を叩いていた。三人はチェリオを飲んで、どれだけ大きなゲップが出せるか競い合った。


松岡は家に戻ると、店のカラオケで歌の練習をした。のど自慢大会で歌うのは、千昌夫の「星影のワルツ」に決めていて、何度も繰り返し歌った。

母親が買い物から帰ってきて焼きうどんを作ってくれ、カウンターで食べていると、常連のクレさんがやってきた。クレさんは、昔、アイドル歌手のバックバンドでベースを弾いていた。そして歌が上手かった。松岡はクレさんの前で歌い、指導をしてもらった。

「おまえは、少し、コブシをまわしすぎる。もっとおさえて歌ったほうがいい。コブシは、ここぞというときにまわすほど効果があるんだ」ということだった。

竹村はジムに行くまで昼寝をした。親父は仕事に出ていたので、なにか食えと置き手紙があり、テーブルには千円札が置いてあった。しかしその金で飯は食べず、家にあったバナナを二本食べて、隅田川方面へランニングをしながらジムへ向かった。千円は貯金した。

梅田が家に戻ると、姉ちゃんは出勤の準備をしていた。

姉ちゃんは、いつものんびり用意をしているのだが、その日は、さらにのんびり、というか、気が進まない感じでグズグズしていた。

梅田が炬燵に入ると、姉ちゃんも入ってきた。

「寒いねぇ」

「急がなくていいの？」

「そうなんだけどね」

「どうしたの？」

「やっぱ今日、仕事休んじゃおうかな」

具合でも悪いのかと訊いてみると、

「いや身体の調子はいいんだけどね。心の調子なのかな。どうも気が進まないのね」

恋でもしたのかと思ったが、もしそうならば、すぐに梅田に話してくるはずである。

「ねえねえ。今晩はお寿司でも食べに行かない？」

「いいけど」

「そうだそうだ、そうしよう」

姉ちゃんは炬燵を出ると上着を脱いで、仕事場に電話をして、風邪ひいちゃったみたいなので休ませてもらいますと伝えた。それから部屋着のスウェットに着替え、また炬燵の中に入ってきた。

梅田はお湯を沸かして紅茶を淹れ、炬燵に持っていった。

「ありがとう」

姉ちゃんはカップを手で包むようにして、手を温めた。

「あのさ、お姉ちゃんさ、今の仕事やめて、学校行こうと思っているんだけど、どうかな？」

「学校？」

学校なんて、勉強の嫌いな姉ちゃんが、なにを言い出すのかと梅田は思ったが、話を聞けば、姉ちゃんが行こうとしているのは鍼灸師の学校だった。

「鍼灸師になったら、お婆さんになっても仕事できるしさ、肩こったら自分でも鍼刺せるじゃない。あなたにも刺してあげれるし」

梅田は鍼なんて打たれるのは嫌だと思った。

「手に職をつけるといいっていうけどさ、今は、手じゃなくて、全身だしね、このままじゃ身体がもたない気がするの」

「じゃあ、そうしたほうがいいと思うよ」

「お姉ちゃんが学校行くの反対じゃない？」

「反対なんかしないよ。行ったほうがいいと思う」

「よっし！　そうなれば心強い、あたし頑張っちゃう」

「うん」

「じゃあ、お姉ちゃん今度の春から、学生になりますから！　今晩は記念の日だよ」

梅田と姉ちゃんは馬道通りにある寿司屋に行った。ここは、江戸前寿司を出すところで、姉ちゃんのお客で常連のボタン会社の社長さんが、美味しいと話していたので、何回か来たことがあった。

姉ちゃんは運ばれてきた瓶ビールをコップに注いだ。梅田はウーロン茶をもらった。

「じゃあ、入学祝いってことでね、とにかくカンパーイ」

姉ちゃんは美味しそうにひとくちでビールを飲み干した。そしてカウンターの中の大将に、

「あのですね。あたし、鍼灸師の学校に行くので、職人さんは肩こるでしょうから、大将にも、鍼ぶっ刺してあげますね」と言ってまたビールを注いだ。

「ぶっ刺すなんて恐ろしいね」

寿司屋の大将は答え、

「はいよ、コハダだよ」と梅田の前ににぎりを出した。

江戸前のコハダは、まぶしく光っていた。つまんで口にすると、酢飯とコハダの光が身体中に広がるようだった。

職人さんたちの無駄のない動き、光る包丁、酢の匂い、ガラス越しに見える色とりどりの魚や貝、海苔の切れる音、清潔な店内、大きな声で笑う大将、カウンターの木目、梅田にはなにもか

もが好ましかった。
姉ちゃんが鍼灸師になるのなら、自分は寿司職人になりたいと思った。

それぞれの橋

松岡が出場するのど自慢大会は一週間後に迫っていた。一次審査は主催するレコード会社に歌を吹き込んだテープとプロフィールを送り、見事通過して、先日、二次審査があった。

二次審査は赤坂にあるレコード会社で行われた。母ちゃんは会社の前までついてきて、心配だから会場の中まで一緒に行くと言い出したが、恥ずかしいから、ここで帰って欲しいと言って、松岡は一人ビルの中に入っていった。

一階の受付でオーディションに来たことを告げると、受付嬢は、子供がやってきたのでいぶかしげであったが、松岡がオーディション通知の葉書を見せると、「そちらのエレベーターを五階にあがって廊下の突き当たりです」と丁寧に対応してくれた。

エレベーターを降りると長い廊下が真っ直ぐに続いていて、目がくらみそうなくらいピカピカに磨かれていた。小学校のところどころタイルのはがれた薄汚い廊下とはえらい違いだった。

廊下の奥にはホワイトボードがあって、「のど自慢大会オーディション会場」と書いてある。

そこは普段、会議室らしい。扉の前にはパイプ椅子が並べてあり、中年のおっさんが中に入ろうとしているところだった。

しばらくすると中からおっさんの歌声が聞こえてきた。緊張しているのか、素っ頓狂な声で、このくらいのレベルならば問題なく二次審査は通過できると松岡は思った。

会場から出てきたおっさんは、額からもの凄い量の汗を垂らしていた。

「次の方どうぞ」

中から声が聞こえ、松岡は入っていった。会議室の椅子や机は壁際に寄せて積み重ねられ、長机の前に審査員が座っていた。彼らは、子供が入ってきたので驚いた顔をしていた。松岡の顔は大人っぽいので、顔写真だけだと高校生くらいに見えなくもない。特に送ったプロフィール写真は駅前のインスタント写真機で撮ったもので、さらにモノクロで産毛のうすら髭が黒く強調され、年齢不詳だった。

のど自慢大会に出場するのは、カラオケスナックなどで歌いこんでいるおっさんやおばさんばかりなので、子供が応募してくることは珍しかった。

会議室にはカラオケ機器が設置してあり、それで歌うことになっていて、松岡は自己紹介してお辞儀をすると、そそくさとマイクを握り歌いはじめた。

母のスナックにやってくる常連のクレさんには、「おまえは歌ってる最中、一人で悦に入ってる。もっと、人に伝えるように歌え」と言われていた。さらに「子供の歌は人生経験が少ないから、いくら上手くても面白味がない」とも言われていた。そのことに関して、松岡は反論したかった。自分だって歌に気持ちを込めているのだと。また伝えることばかり考えて歌うと、逆に、いやらしくなってしまって、歌に集中できなくなり、自分をふりしぼれなくなってしまう。

歌い終わると、審査員は呆気にとられた顔をしていた。松岡は汗を拭い、お辞儀をして、会場を出ていった。手ごたえはじゅうぶんにあった。ビルの外を出ると、帰っていいと言ったのに母ちゃんが植え込みに座って待っていて、「どうだった?」と訊いてきた。松岡は「余裕だよ」と答え、赤坂の駅の近くにある喫茶店でスパゲティーを食べてから家に帰った。

翌日、二次審査を通過したという電話があった。

本大会は、有楽町のホールで行われる。このときの審査員は、プロの演歌歌手やレコード会社の社長などで、演奏もバンドが入って生で行われる。

姉ちゃんがソープランドの仕事を辞めたのは、梅田が冬休みに入る前々日だった。一ヵ月前から店に辞めさせてもらいたいと伝えていたのだが、かなり先まで予約で埋まっていたので、それを終えてからにして欲しいと頼まれた。

最後の客は、姉ちゃんが吉原で働き始めた頃から、毎月やって来る精密機器会社の社長だった。彼の会社は金沢にあり、東京には仕事で月に一回やって来る。そして、いつも金沢の高級和菓子のお土産を持って姉ちゃんに会いにくる。年齢は七十歳であったが、いまだ精力旺盛で、見た目も脂ぎってギラギラしていた。また毎週サウナの日焼け機に入っているので、股間のあたりまでまんべんなく肌が焼けていて、少し気持ち悪かった。やはり身体も変に抗っては駄目で、年相応というのがあると姉ちゃんは思った。

社長は姉ちゃんが辞めるということを聞いて残念がり、仕事を辞めても個人的に会ってくれるように頼んできた。毎月ある程度の金は出すし、マンションも借りてくれるという。ようは愛人になってくれということであったが、姉ちゃんはキッパリ断った。

十八歳から身を投じてきたこの仕事であったけれど、このまま続けていたら抜けられなくなるだろうし、いい加減に見切りをつけないと、なにかがズルズルとおかしくなっていくと感じていた。姉ちゃんはもっと普通になりたいと願っていた。しかし普通というのがよくわからないのも事実だったが、これからは、それを模索していこうとも考えていた。

だから、夏に熱海のマンションで会った重岡との縁も切ることにした。重岡は姉ちゃんが岐阜のソープランドで働いているときに知りあった男で、東京に出てくるときにも世話になった。

姉ちゃんは仕事が休みの日に、重岡のいる沼津まで電車で向かった。先方には話があると伝えておいたので、駅に迎えに来ていた黒塗りの車で近くのホテルに向かった。車で数分の距離ではあったが、信号待ちの時間などを入れると、明らかに歩いたほうが早かった。

重岡はホテルのラウンジのソファーに座って紅茶を飲んでいた。いつもならビールを飲んでいる重岡なので、姉ちゃんは不思議に思った。

「こんにちは」

「おうおう。元気にやっとるか」

重岡に会うのは夏休みの熱海以来だった。彼と会うのは年に数回程度であるが、姉ちゃんは、この関係もきっぱりさせなくてはならないと思っていた。

まわりの席には、柄の悪い男たちが陣取っていて、あきらかに嫌な威圧感を醸し出していた。

「最近、物騒でな、ちょっと警戒しなくちゃならないからよ」

物騒にしているのは、重岡たちなのではないかと姉ちゃんは思った。

「この前も、うちの若いもんがスパナで殴られてな、こんなの着せられてるんだから」

重岡は自分の胸をドンと叩いた。それは防弾チョッキだった。

「でも、もし、あたしが殺し屋だったら意味ないですね。頭狙っちゃうもん」

「ここかい?」

重岡は自分の頭を指した。

「うん」

姉ちゃんは指で拳銃の形を作って、重岡に向けた。

「おいおい物騒だろ」

重岡は大きな声で笑った。

「重岡さん、なんで紅茶なの?」

「糖尿だよ」

「えっ？」

「糖尿。このままじゃ、ココが勃たなくなっちまうって医者に言われてな。実際、なんだか勃ちも悪くなってきてるんだけど」

「さんざん遊んだからいいんじゃないの？」

「いやいや、死んでもココだけ、おっ勃っていたいもんね」

「未練がましいですよ」

しばらく世間話をして、姉ちゃんは、このような関係を終わりにしたいと伝えた。重岡は、突然そんなことを言われたので、わけがわからないという様子だった。

「今までだって、半年に二回くらいしか会わなかったじゃねえか」

「でもね、そういうふうなのは、もうやめようと思う」

「そういうふうなのって、ヤルってことか？」

「うん。ズルズルした関係。これじゃあ、いけないと思ったの、重岡さんには本当に、いろいろお世話になったから、心苦しいんだけど」

「そんなことは気にしなくていいけどな」

重岡は姉ちゃんの屈託のないところが好きで、会うと気持ちが明るくなった。惚れているというのとは違うのかもしれない。彼には姉ちゃんと同じ歳の娘がいて、東京の大学に通っているのだが、実際は遊びまわっているだけだった。たまに連絡があると、小遣いをせがまれた。

もちろん自分の娘は可愛いし、姉ちゃんと比べるわけではないが、娘の出来が悪いのも承知していた。一方で姉ちゃんは理想の娘のように思えた。

「おまえのことは、これからも面倒を見てやりたいと思ってる」

重岡は、そう言って紅茶をゆっくり飲んだ。

「そういう関係をやめるというのはわかった。でも、しばらくは、面倒は見てやりたい」

「そんなことされたら、あたしだって、またズルズルなっちゃうもん」

「ズルズルなるのは、おまえの気持ちだろ。これは、ただの、おれの好意だからさ。そのくらいのことはさせてくれよ」

今までも小遣いなどと称して数十万円の金が、姉ちゃんの口座に振り込まれることがあった。重岡にしてみれば、娘に小遣いを渡すのと同じ心境だった。

「おれは、おまえが成長するのが楽しみなんだ。もう、そういう関係はどうでもいい。だから少しくらいは面倒を見させてくれ」

関係を断ち切ろうとしていた姉ちゃんではあるが、重岡の気持ちを考えると断りきれなかった。その日は三島でうなぎをご馳走になって、弟にお土産のうなぎも持たせてもらい、新幹線に乗って東京に戻ってきた。

きっぱりさせるつもりだったのに、なんだか釈然としなかった。

仕事の最終日、終わったのは夜中の一時を過ぎていた。その日は、いつもよりサービスたっぷりに身体を動かしたので疲れ果ててしまった。

お腹が空いていたので、帰り道、千束通りに出て中華料理屋に入った。ここは朝までやっているので、仕事帰りに一人で餃子を食べながらビールを飲むことがあった。

店の扉をあけると、三人の女性が餃子を食べながらビールを飲んでいた。彼女たちもあきらかにソープ嬢だった。皆、疲れた顔をして、餃子をつまみビールを飲んでいる。姉ちゃんはカウンター席に座り、瓶ビールと餃子を二皿頼んだ。喉に冷たいビールが流れていった。

弟はもう寝ているだろうか？　明日は終業式だった。

二人で東京に出て来て、よく頑張っていると思った。自分を褒めてやりたい。そして二本目のビールを頼んだ。

これから先、稼ぎは落ちるので、鍼灸師の学校に通いながらアルバイトをしなくてはならない。姉ちゃんはビールをコップに注ぎながら、この前、買い物に行ったスーパーで、パート募集の貼紙があったのを思い出し、連絡してみることにした。

終業式の日、松竹梅が、いつものように学校帰りに駄菓子屋に寄って店の前でチェリオを飲んでいると、林田の母親がズタボロの格好で歩いていた。裸足にサンダルで、顔は溶けたように疲れ果て、虚ろな目で、ぶつぶつつぶやいている。

これはなにかあったと感じた三人は残りのチェリオを一気に飲んで、尾行をしてみた。彼女は千束通りを曲がった。歩く姿はヨレヨレで、あきらかに酔っていた。そして浅草警察の前までやってくると、立ち止まり、建物をしばらく眺めてから、中に入っていった。

警察署の中まで入ることはできない三人は、林田の家まで行ってみることにした。千束通りを抜け、南千住のほうにある傾いた家の前にやってくると、パトカーや救急車が停まっていて、中からわめき声が聞こえた。

「痛えよ！　刺されちまったよ、ちくしょう！　あの女め！」

家の中から出てきた担架にはあの男が横になっていた。白い股引の太ももの部分が血で真っ赤に染まっていた。

野次馬のおばさんの話によると、男は林田の母親に刺されたらしい。理由はよくわからないが、毎日、喧嘩が絶えず、朝から晩まで怒鳴り声や物が割れる音がしていたのだと。

「ざまあみろだな」

走り出す救急車を眺めながら竹村が言った。家のまわりにはまだ警察がいて、現場検証をしていた。

「すると、あの母ちゃんは、自首したのか」

松岡が言った。

「おいおい。アレ、ほらあそこ」

竹村が興奮した調子で指をさしたほうに、野次馬にまぎれて林田が立っていた。

彼は施設を出て来たのだろうか？　松竹梅は、林田に見つからないように野次馬の後方に隠れた。林田の様子は以前と違った。かつての獲物を狙うような目は死んだように精気がなく、やせた身体からは、威圧感がまったくなくなっていた。

しばらくすると自転車に乗った地元の不良がやってきて、林田に声をかけた。林田は彼らとなにか話をして、自転車の後部に乗ってどこかに行ってしまった。


その後、松岡の家のスナックに行って、のど自慢大会に出る松岡の歌の練習成果を聴くことにした。

竹村が、臨場感を出すために着替えたほうがいいと言うので、松岡は大会当日の衣装に着替えた。そのタキシードは仲本さんの送別会でも着たつんつるてんのもので、靴はスナックのお客さんからのもらい物の革靴だから大きすぎてブカブカだった。

「おいなんだよその靴、ロボットみたいじゃねえか！」

竹村が笑い出した。松岡は無視してカラオケをセットし、「星影のワルツ」を歌いはじめた。

「ロボットがカラオケ歌ってるよ」

ゲラゲラ笑っている竹村であったが、歌詞を聞いていたら、自分のことを歌われているような気がしてきた。

別れることは　つらいけど
仕方がないんだ　君のため
別れに星影のワルツをうたおう

仲本さんはいまなにをしているのだろうか？　サンフランシスコは夜なのか？　朝なのか？

今でも好きだ　死ぬほどに～

そう歌われた瞬間、涙がポロポロ流れた。松岡は熱唱しているので気づいていないが、梅田が、「どうしたの？」と訊くと、「駄目だ。どうにもこうにも、この歌は、今のおれじゃねえか」と言って、さらに涙があふれてきた。

遠くで祈ろう　幸せを
今夜も星が　降るようだ

歌い終わった松岡は、竹村がおいおい泣いているのを見て、

「どうした？　また頭のネジがゆるんだのかよ？」

「ばかやろう。なんで、こんな歌を歌うんだ。これ、おれの歌じゃねえか」

竹村はソファーから立ち上がり、店を出ていった。

「なんだよあいつ、笑ったり、泣いたり、忙しい奴だなぁ」

松岡はカラオケの機械をいじくり、もう一度歌いはじめた。

竹村は涙を拭いながら走っていた。気持ちを落ち着かせようと近所をヤケクソに走りまわって家に戻った。

郵便ポストを開けると請求書に混じって葉書が一枚入っていた。海に大きな赤い橋が架かっている写真の葉書で、差出人は、「RITSUKO NAKAMOTO」とあり、下手な日本語の文字が書いてあった。

「たけむらくん。ゲンキですか？　わたしは、こっちのセーカツにもなれてきました。ガッコウはうみのちかくで、まいにちうみをながめてます。たけむらくん、ボクシングがんばってますか？　こっちにあそびにきてね。このハガキのシャシンはうみにかかるゴールデンゲートブリッジというハシです」

竹村は玄関に突っ立ったまま、長い間、葉書を眺めていた。

橋といっても、ゴールデンゲートブリッジというのは、隅田川に架かる言問橋や吾妻橋とは、

えらい違いだった。

　今すぐにでも行きたいのに、どうすることもできず、悔しくてしょうがなかった。そんな悶々とした気持ちを引きずり、ジムに向かった。

　トレーナーの田村さんは、ミット打ちが終わったあと、竹村の頭を小突き、

「おい、おめえ、なんか様子が変だぞ、どうしたんだよ？」

「いや、別に」

「元気ねえじゃねえかよ！　こら！」

　再びミットで小突いてくる田村さん。

「糞でももらしたか？」

「もらしてないけど」

「もらしてないけどなんだ？　小便か？」

　田村さんに話したところでどうにもならないと思ったが、竹村はアメリカに行きたいことを話した。アメリカでボクシングをしたい、そして仲本さんに会いたいと。すると意外な答えが帰ってきた。

「そんならよ、シゲさんに相談してみたらいいんじゃねえのか」

　シゲさんは国際通り沿いにあるバーの店主だった。竹村は以前、店でジンジャーエールを飲ませてもらい、酔っぱらいにからまれ、シゲさんが追い出してくれたこともあった。田村さんによ

ると、シゲさんはアメリカにボクシング留学をしていたことがあるらしく、見えないフックを出し相手をノックアウトしたという。

「あの人、強かったもんなあ」

田村さんは鏡に向かって自分でもフックを出しはじめた。

「こうか？　こんな感じだったんだよな。見えないフック。こんなふうに、ちょっと下から出てくるんだけどさ」

竹村は横でそれを眺めていた。田村さんは一分くらいすると突然動きを止めて、今度は鏡で自分の顔をまじまじ眺め、

「おれなんだか老けたなぁ、老けたよな」と首をかしげていた。

「ん？　で、なんだっけ？　なんの話してたんだっけ？」

「シゲさんに、相談してくれるって」

「シゲさん？」

「アメリカのこと」

「あーそうか、そうか」

ジムの後片づけをして、竹村は田村さんとシゲさんの店に行った。田村さんはビールを飲み、竹村はジンジャーエールを飲んだ。

「あのね、シゲさん。こいつ生意気にもアメリカでボクシングしたいらしいんだけど。どうした

らいいもんですかね？」

田村さんが言うと、シゲさんは、「アメリカでボクシングしたいなら紹介してやるよ」と言った。

シゲさんはアメリカに行っていたとき、西海岸のジムを渡り歩いていた。竹村が「サンフランシスコってところなんですけど」と言うと、

「サンフランシスコだったら、世話になったところがあるからちょうどいいよ。でもおまえ、小学生だろ、もう少し先じゃ駄目なのか」

「いや、今すぐなんです」

「たしかアメリカは、ジュニアのアマチュアが八歳からあるから、見込みがあったら受け入れてくれるかもしれないけどさ」

「じゃあ、その見込みのほうでお願いします」

「連絡は取ってやるけど」

「よかったじゃねえか」

田村さんは竹村の頭を小突いた。

「んで、どうなの田村は、トレーナーから見て竹村は見込みあるの？」

シゲさんが言った。

「ありますよ。でもね、だいたいガキのくせに、女が向こうにいるから行きたいなんてね、やっ

ぱ生意気ですよ」

「そんなことねえよ、それくらい馬鹿で生意気じゃなきゃチャンピオンにはなれねえよ」

竹村はジンジャーエールを飲んだ。この店のジンジャーエールは辛くて、大人の味がする。いつも飲んでいるチェリオとは大違いだった。

「おれ本気で、やります」

「受け入れ先はなんとかなると思うんだよ。おれも世話になったトレーナーのロンさんっておっさんがいるから、その人の家に泊めてもらえると思うし」

「はい」

「でもな、もし向こうで怠けたり、ボクシングあきらめたりしたら、殺しに行くぞ」

「殺しに来てください」

「おれみたいになったら承知しねえから」

シゲさんは大学時代、アマチュアボクシングで日本一になり、プロに転向した。二年後、日本ランキング三位になったときアメリカに武者修行に行った。しかしシゲさんはアメリカで堕落してしまった。酒やドラッグに溺れ、ストリートファイトばかりやって、今でも額に大きな切り傷が残っているし、腕にもナイフで刺された痕がある。

あげくシゲさんは精神状態も相当ヤバイことになって、家もなくなり浮浪者みたいになってしまった。そこで救ってくれたのが、竹村を紹介しようとしているサンフランシスコのジムだった。

そのジムで再生を図ろうと、もう一度ボクシングに励んだ。しかし試合に三回出て三回とも負けてしまい、ボクシングを辞めたのだった。それから、しばらくはトレーナーの助手として働いて、日本に戻り、今の店を開いたのだった。

「とにかく、ロンさんに連絡してやるよ」

シゲさんは言った。

「あの、でもですね、行けることになっても、ひとつ問題があるんです」

竹村の顔はまだ浮かばない。

「なんだよ」

「飛行機代がないんです。父ちゃんも金がないし」

「そんなのどうにでもなるよ。田村とかジムに出してもらえよ」

「え？　おれ出すの？」

「だって有望株だろ、アメリカに修行くらい行かせてやれよ。向こうのアマチュアの試合に出てさ、こっち戻ってきて、最後は田村のところから世界チャンピオンだぞ。軽い投資だと思えばいいじゃねえか」

「だけど、おれ貯金なんてないですよ」

「アルバイトでもしろよ」

「いやもう働いてるし」

「とにかく飛行機代なんて、どうにでもなるから。でも、おまえ、必ずチャンピオンにならなくちゃならねえよ」

「はい。絶対になります」

なんとかなるかもしれない。なんとかならなくても、どうにもこうにも動けない状態を考えればマシだった。葉書のゴールデンゲートブリッジと吾妻橋が重なって見えてきた。


姉ちゃんはシチューを煮込んでいた。彼女は自由な時間を有意義に過ごそうとしていたが、これまでほとんど休みなしに働いてきたので、時間があるというのが、どうにも落ち着かなかった。

梅田が家に帰ると、台所の鍋の前で雑誌を読んでいた姉ちゃんは、

「ねえねえ、今日、スーパーのアルバイトの面接に行ってきたよ」

と嬉しそうに話した。昨晩仕事を辞めたのに、随分と気が早いと梅田は思った。

「だからね、今日はお祝いで、シチュー作ってるから。面接行ったスーパーで、高いお肉を買ったから、きっと印象いいと思うのよね」

「まだ、決まったわけじゃないんでしょ」

「だってもの凄い高い肉よ」

「それは関係ないと思うけどな」

「そうかな。これで落とされたりでもしたら、もうあのスーパーではお肉買わないよ」

梅田は、姉ちゃんがしっかり面接ができたのか心配になってきた。姉ちゃんの通おうとしている鍼灸師の学校は三月から始まるらしく、それまでの間、彼女はアルバイトをしようとしていた。

シチューは良い肉だけあって美味しかったが、二人で食べる量にしては多すぎ、松岡と竹村に分けてあげようとタッパーに入れて冷凍した。

のど自慢大会当日、松岡の母ちゃん、竹村、梅田と姉ちゃんで、有楽町にある会場に向かった。松岡本人は生バンドに歌を合わせるので、朝早くからリハーサルがあり、先に会場に入っていた。

会場に到着して楽屋に行くと、松岡はポツンと椅子に座っていた。もう衣装に着替えていて、靴は、あのロボットみたいになってしまうサイズのデカいものだった。楽屋は人が詰め込まれていて、おっさんのニオイとおばさんの化粧のニオイがムンムンしていた。

松岡は少し緊張しているようだった。母ちゃんは、おにぎりを握ってきていて、歌う前に必ず食べなさいと渡した。

竹村は、「しっかし、ここはなんだか変なニオイがするな」とか「スゲエ衣装だな、あのババア」と言いながらうろつきまわっていたが、黄色いサテンの衣装を着たおばさんが鏡に向かって顔面にパフをはたきはじめ、その粉が飛んできてクシャミが止まらなくなり楽屋から出て行った。

松岡の母ちゃんは、息子よりも緊張している様子で、「あんた、しっかりしなさいよ」とか「ほら、襟が曲がってる」とか「歌う前は水をたくさん飲みなさいよ」と、やたら声をかけてくるので、逆に落ち着かなくなってしまった松岡は、もうだいじょうぶだから出て行ってくれと言った。

姉ちゃんは、「頑張ってね」と松岡の手を握った。柔らかいスベスベした手だった。母ちゃんの手とは大違いだった。

楽屋の入口に若い男が入ってきて「出演者の皆様、そろそろ本番が始まりますので、一番から十番の方は舞台のほうへお願いします」と言った。

松岡の出番は十五番だった。皆は松岡を残して、客席のほうへ行った。

一番最初に登場したのは、秋田からやってきたという、パンチパーマのおっさんだった。彼は「雪国」を歌った。見た目とは裏腹に声は渋い低音で、歌も上手かった。

もちろんここに来ているのは審査を通ってきた強者たちなので、歌が上手いのはあたり前で、松岡が子供でも、そのことで優遇されることはないだろう。松岡もそんなことは望んでいなかった。

松岡は伝えようとする歌よりも、自分をふりしぼって歌うことを考えた。

舞台では、おっさん、おばさんの強者の歌がどんどん続いていく。若者は一人だけ、学ランを着た小太りの大学生が「与作」を歌った。

竹村は退屈になってきて眠り出した。姉ちゃんと母ちゃんは、コンビニエンスストアで缶酎ハイを買ってきて飲んでいた。

松岡の番がやってきた。母ちゃんも姉ちゃんも、缶酎ハイを握りしめ、アルミがメリメリ音を立てた。

「十五番、〝星影のワルツ〟歌います」

松岡の声が響く。梅田は眠っていた竹村を起こした。

身体をよじらせ、顔を真っ赤にして、松岡は熱唱していた。そして一歩踏み出そうとしたときに、ブカブカの靴が片方、脱げてしまった。でも松岡は、そんなことは気にせず歌い続けた。

歌い終わると、姉ちゃんが立ち上がって拍手をした。母ちゃんも立ち上がった。梅田も立って拍手をした。会場にも大きな拍手が響いた。

竹村はまた泣いていた。それを見た姉ちゃんが、

「どうしたの竹村くん?」と訊くと、

「だから、この歌はまずいんだって」と腕で涙を拭った。


松岡は優勝できなかった。優勝したのは「与作」を歌った小太りの学生だった。しかし松岡は審査員特別賞をもらった。賞金はなかったが、箱根の温泉宿の宿泊券をもらった。

帰りは皆で銀座の居酒屋に行った。松岡は優勝できなかったことを悔しがり、ずっと黙ってい

た。姉ちゃんが、「わたしたちの中では一番だったよ」と言うと、松岡は今にも泣き出しそうになった。それを見て姉ちゃんは「これから先、もっと悔しいこともあるし、もっと嬉しいこともあるんだから」と言って、松岡の泣き顔をみんなに見せないように、頭を抱いて自分の胸に押し付けた。

胸のやわらかい膨らみが顔面にあたり、松岡は優勝できなかったからこのようにしてもらえたので、優勝できなくて良かったとも思った。

それを見た竹村も泣き出した。

「なんだか、おれ、最近、涙もろくなっちまってる。冬だからかな」

姉ちゃんが、おいでおいでと手まねきをして、竹村も姉ちゃんの胸に抱かれた。松岡が肘で竹村にエルボーした。

梅田がその姿を見ていると、松岡の母ちゃんが、両手をひろげ、「おいで」と言ってきたが、首を横に振った。

店を出ると竹村は「ヤベエ、今日、走ってねえや」と言って、勝鬨橋に出て隅田川べりを一人で走って帰ると言い出した。

「遅いから、一緒に地下鉄で帰ったほうがいいよ」

松岡の母ちゃんが言うのも聞かず、

「だいじょうぶです」

と言って走りはじめた。

四十分くらい走ると、吾妻橋が向こうに見えてきた。それがサンフランシスコにある赤い大きな橋に見えた。

はじめてのアルバイト

スーパーマーケットのアルバイトの面接を受けた姉ちゃんのもとに電話連絡があったのは、クリスマスイブの前日だった。

希望していた田原町駅近くのスーパーマーケットは採用人数がいっぱいになってしまったが、根津にある系列店なら、大晦日までの数日間、短期のアルバイトがあるということだった。

アルバイトの時給では、大晦日までびっちり働いてもソープランドで二日働いたくらいの給料にしかならなかったし、翌日の朝七時に来てくださいという急な話であったが、姉ちゃんは喜んで承諾した。

電話を切ってから近所の文房具屋に電卓を買いに行き、家に戻って財布の中からレシートや領収書を取り出し、ゴミ箱に捨ててあったレシートも拾い出して、ニタニタしながら商品の値段を計算しはじめた。

「あたし計算、苦手だから、数字を見ているとクラクラしちゃうから、まずは数字に慣れなくちゃいけないもんね」

　ということで、レジ打ちの練習らしいのだが、現在のスーパーはバーコードでの計算であるし、姉ちゃんの仕事はレジ打ちではなく、商品の袋詰めなので、完全な早とちりだった。

　彼女は高校を中退してから、水商売でしか働いたことがない。普通のアルバイトが嫌だとか、あえて世間からズレていこうとしたわけではなく、弟のため生活のために仕事をしてきたのだ。だから、こういう普通のアルバイトに就くのが嬉しくて仕方がない。

　一方で、弟の梅田は、このように浮き足立っている姉ちゃんが心配であったが、炬燵に足を突っ込んで、ニコニコしながら電卓を叩いている姉ちゃんに、「そんなことやっても役には立たないよ」とは言えなかった。

「さてさて、今月はいくらつかったのだろう?」

　姉ちゃんはみかんを食べながら、眉間に皺をよせて炬燵のテーブルに散らばったレシートを一枚一枚計算していた。

「あれ～、何度やってもこの計算合わないんだけど、ぼったくられたのかなぁ」

「姉ちゃんの計算が間違ってるんじゃないの?」

「そうなのかな。でもね、そもそも消費税ってのがどう考えてもよくわからないのよね」

「消費税は五パーセントだよ」

「だから、その、パーセントってのが、よくわからないのよ。天気予報ならなんとなくわかるんだけど。だいたい五パーセントって、天気予報でいったら、雨なんか絶対降らないレベルでしょ。だったら五パーセントごとき取ってもしょうがないでしょ。そこら辺はサービスできないもんなのかな」

「言ってることがよくわからないんだけど」

「だって五パーセントよ。逆で考えれば、九五パーセントでしょ。消費税でないものが、九五パーセントもあるのよ」

そもそも姉ちゃんは、消費税がなんたるか、まったくわかっていない。

「だから、その九五パーセントが商品なんでしょ。あれ？　商品に五パーセントかけるんだから、商品は一〇〇パーセントなのか？　一〇〇パーセントに五パーセントかけるのか？　なんだかぼくもわからなくなってきた」

「とにかくさ、五パーセントじゃ不満なのかって言いたいのよ、あたしは」

「不満じゃないけどさ。ますますなにを話しているのかわからなくなってきた」

「だからね、五パーセント程度なら、貰ってもしょうがないじゃないの。あたしだったら、いーらない、ってサービスしちゃうもん。そんなもんでしょ五パーセントなんて」

姉ちゃんは、パートタイムの人たちと一緒に仕事が出来るのだろうか。あきらかに浮いてしまいそうだ。梅田はますます心配になっていた。

アルバイト当日、姉ちゃんは朝六時に起き準備をして、ついこのあいだ弟に買ってあげた新しい自転車を借り、根津のスーパーへ向かうことにした。

普段なら根津まではタクシーに乗ってしまっていたが、仕事を辞めたことだし、アルバイトの身分であるからと自分に言い聞かせて自転車にしたのだが、自転車に乗るのは高校に通学していたとき以来だし、梅田の自転車なのでサイズが小さすぎた。

姉ちゃんは、ふらふらと安定感のないままペダルを漕ぎ、言問通りを根津方面へ向かっていたが、なかなか進まない。歩いたほうが速いかもしれない。そして根津のほうへ下る坂道で、バランスを失い、ガードレールに激突して転んでしまった。

ベストのダウンジャケットから飛び出したトレーナーの袖は破れ、肘が覗けて血が少し流れていた。

「自転車は嫌だ嫌だ」

姉ちゃんは自転車を降りて、転がして歩きはじめた。高校に自転車で通っていたときも、よく転んだ。どぶの溝に落ちたこともあるし、校門に突っ込んで前歯が欠けたこともある。そもそも自分は自転車との相性がよくないんだと思い、やはり明日からはタクシーで通うことにした。

スーパーに到着すると、二分ほど遅刻していた。初日からこれはまずいと、走って事務所に向かい、扉を開けるなり闇雲に大きな声で挨拶をした。

「おはようございます。すみません遅れてしまいました。今日からアルバイトさせて頂く、梅田です。どうぞよろしくお願いします」

頭を下げた姉ちゃんであったが、事務所にいた店長の平田さんは、その大きな声と、破れたトレーナーから覗いた腕の血を見て驚いていた。

「あの、それ、だいじょうぶですか?」

「え?」

「腕、血が流れてますけど」

「これはだいじょうぶです。あたし自転車乗り慣れてないもんで、ちょっと、転んでしまったんです」

「気をつけてくださいね」

「お気遣いありがとうございます」

姉ちゃんはトレーナーの破れた部分を手でつまみ、店長を見つめた。以前の仕事の癖で、彼女は話しかけられるとその人を見つめてしまうのだった。

一方で、姉ちゃんに見つめられている店長は、まごついてしまった。ガラス玉みたいな真っ直ぐな目に見つめられ、のぼせ上がってしまいそうだった。

店長は、ぎこちない動きで事務机の引出しから絆創膏を取り出し、姉ちゃんに渡した。

「これ貼ってください」

「ありがとうございます。どうにも人間が鈍臭いもんで、あたし」

姉ちゃんは店長に微笑んだ。微笑みかけられた店長はさらにまごついてしまい、机の上に置いてあるビニール袋を手に取り、「それでですね、これに着替えてください。よろしくお願いします」と渡した。

ビニール袋の中には白いシャツに黒いエプロン、えんじ色のスカートと頭巾が入っている。

「わかりました。これに着替えるんですね」

「はい。お願いします」

「でもですね、あの、別に良いんですけど、ここで着替えるんですか?」

「いやいや、この部屋を出て廊下の突き当たりに、ロッカールームがありますので、そこで着替えてください」

「そうですか。別にここで着替えても構わないんですけど」

「着替えるところ、ありますから」

店長は顔を赤らめた。

「じゃあロッカールームへ行ってきます」

店長の平田さんは小太りの四十代だった。独身で、二十歳の頃このスーパーに就職し、それ以来、お菓子売り場、鮮魚売り場、野菜売り場と渡り歩き、二年前に店長になった。

ロッカールームではパートタイムのおばさんたちが着替えをしていた。姉ちゃんは愛想良く大きな声で、「おはようございます」と言った。しかし姉ちゃんの陽気すぎる挨拶は、あきらかに異質で、嫌味のようにも感じ取れた。

さらに姉ちゃんが服を脱ぎ、下着姿になると、パートタイムのおばさんたちの視線が一斉に注がれた。

姉ちゃんはいつも裸を見られていたので、下着姿になることにはまったく抵抗はなかったが、下着はテカテカ光る紫色のブラジャーに、紫色のTバックだった。

それを見て、「ケッ」と笑い、「なんだいありゃ」とつぶやいたのは、五十歳のパートタイムのおばさん、坂上さんだった。

短髪のパーマに紫色がかった眼鏡を掛けていて、眉毛は黒墨で細い一本の線が描かれている。

姉ちゃんは坂上さんと目が合い、「どうぞ、よろしくお願いします」と頭を下げたが、無視された。

渡された服に着替え事務所に戻ると、今日からアルバイトを始める痩せたおばさんと擦れっ枯らし風な若い女の子がいて、店長がそれぞれを紹介した。

おばさんは三木田さんで、女の子は庄野さん。それに姉ちゃんを加え、この三人が一緒に仕事をするらしい。

「えー、本日から年末までの短い間ですけれども、よろしくお願いします」

店長が改まって挨拶をして、仕事内容の説明を始めた。仕事は、果物や野菜の袋詰め作業らしい。

「そんなに難しくはないのですが、とにかく忙しいので、最初は大変でしょうけれど、慣れてください」

「あれっ？」

素っ頓狂な声を出す姉ちゃん。

「どうしました？」

「袋詰めだけなのでしょうか？」

「はい。頑張ってください」

「あの、レジとかは、だいじょうぶなのでしょうか？」

「レジ？」

「はい。レジで計算するのとかは？」

「レジのほうは、すでにパートの方がいますので」

「え？　そうなんですか」

レジ打ちを楽しみにしていた姉ちゃんだったので、残念に思った。

袋詰めの作業をする場所は売り場の裏にあって、搬入口とも繋がっているから外の風が吹き込んでくるし、床のコンクリートは濡れていて、底冷えした。さらに大きな冷蔵庫もあるので、開閉されるたびに冷気が流れてくる。

三人はまずみかんの袋詰めを任された。ダンボールのみかん箱からみかんをひとつずつ取り出し、腐ったのや皮の切れたものを仕分けながら袋に入れて計りにかけ一キロにして袋を閉じる。

目の前ではベテランのパートのおばさんがリズミカルに作業を進めていたが、慣れない三人は詰め方が悪くて袋を閉じることができなかったり、みかんが潰れてしまったり、なかなか一キロに合わせることができなかった。

ベテランパートのおばさんは機械みたいに動き続けている。もくもくと作業をしている姉ちゃんであったが、どのくらい時間が経っているのかもわからなくなり、一時間くらい経っただろうと思って時計を見たら、まだ十分しか経っていなかった。

勝手に休むこともできないので、時計をチラチラ眺めながら、このような仕事は自分には向いてないと思いはじめていた。

今日から一緒に働きはじめた三木田さんも集中力が途切れてしまっているらしく、疲れた目をこすりながら朦朧としている様子だった。そして手元が覚束なくなり、みかんを床に落としてしまった。

「あーごめんなさい」

か細い声で言う三木田さんであったが、ベテランパートのおばさんは転がったみかんをチラッと見ただけで作業を進めていた。

三木田さんが床のみかんを拾うと、目の前におばさんパートタイムの大将、坂上さんがもの凄い形相で腕を組んで立っていた。

彼女は鮮魚売り場担当で、魚をさばいたり、パック詰めをしている。ビニール製の黒い大きな前掛けは水で濡れ、頭に巻いた頭巾から、パーマを当てた髪の毛が飛び出していた。

「あんたさ、それ人の口に入るものなんだからね」

坂上さんは舌打ちして、三木田さんの拾ったみかんを指した。

「すみません」

三木田さんは弱々しく謝った。

「だいじょうぶなのかね、この人は。顔色も悪いしさ、体力ないとやっていけないよ、この仕事」

「ごめんなさい」

「店長、なに考えてるのかね、年末で忙しいときに、もっとしっかり働ける人を雇って欲しいよ」

庄野さんが顔を上げて坂上さんを睨んだ。

「なんだい？　文句でもあるのかい？」

「別に、ないですけど」

庄野さんは、みかんを手に取り、袋に詰めた。

「まったく、仕事も出来ないのに、文句ばかり言う若者が増えてるんだよね」

庄野さんは無視して作業を進めていた。坂上さんは、いちゃもんを言い足りないらしく、今度は姉ちゃんのほうを見てきた。目が合ったので姉ちゃんは微笑んだ。

「なんだい？　なにが可笑しいんだい？」

「え？」

坂上さんは舌打ちをした。どうも舌打ちは癖らしい。彼女の口は少ししゃくれているのだが、舌打ちをし続けた結果、口がそのような形状になってしまったのかもしれないと姉ちゃんには思えてきた。

「なにが可笑しいんだよ」

「なにも可笑しくないですけど」

「顔が笑ってるよ」

「そうですか」

「あんた、さっきから、あたしの顔見りゃ笑ってるんだけど、いったいなんなんだい？」

さすがに姉ちゃんも苛立ってきた。

「あのですね、笑顔になっているのは、たぶん愛想を振りまいているからですよ」

「なんだい。それじゃあ愛想を振りまいときゃ、いろんなこと誤魔化せるとでも思っているのかい？」

「そうです」

姉ちゃんは答えた。

坂上さんが再び舌打ちをする。顎のしゃくれが強調された。

そんな二人のやり取りをよそに、三木田さんが再びみかんを落としてしまった。彼女の集中力は完全に途切れてしまっている。転がったみかんを坂上さんが拾い上げ、

「だからさ、これは、人の口に入るものだよ！」と三木田さんを睨んだ。

早く鮮魚売り場へ戻ってくれないかと姉ちゃんは思った。

「あのですね。みかんは人の口に入るかもしれませんが、皮をむきますよね？　だから、ちょっと落としたところで、どうってことないでしょ」

「は？　なんだい？」

「皮をむきますよねみかん。だから落としても、そんなに気にすることはないと思うんです」

坂上さんの顎がさらにしゃくれた。

「それとも、なんですか？　もしかしたら、皮をむかないで、まるごと食べちゃう派ですか？」

姉ちゃんは嫌味で言ったつもりではなく、本当に、そのように食べる人がいるのか疑問に思ったのだった。

「むくむかないの問題じゃないんだよ」

「そうかもしれませんが。すると、やはり、むかない派ですか？」

「どっちだっていいだろう、そんなことは」

「あれ、猿って皮むかないで食べるんだっけ？」

姉ちゃんは隣りで作業をしている庄野さんに訊いた。

「ちょっとわかりませんけど、むくんじゃないですか」

「でもさ、象はあれでしょ、鼻でつまんで、そのままポイッて口の中に入れますよね。象は、むかない派でしょ」

「そうですね」庄野さんが答える。

「人間でもいるんですね、むかない派が」

「あたしは、むかない派じゃなくて、むく派だよ」

坂上さんが言う。

「なんだ。びっくりしましたよ」

「とにかくね、そんなことは、どうでもいいんだよ。あんたたちね、売り物は、お客さんのことをまず考えてだね、丁寧にあつかわなくちゃならないんだよ。わかったかい？」

「商売は、お客さんあってこそですものね」

姉ちゃんが言った。

「わかっているなら、テキパキと作業しなよ」

「でも、三木田さん疲れてるみたいだし、ちょっと休ませてあげたほうがいいと思うんです。テキパキやるには休むことも必要でしょ」

「すみません。だいじょうぶですから、気にしないでください」と三木田さん。

「ちょっとだけでも、座ったほうがいいかもしれませんよ」

姉ちゃんが言うと、坂上さんが再び噛みついてきた。

「あのね、勝手に休んでいいと思ってるのかい？　あんたたち、お金貰って働いてるんでしょ。時給だよ時給。時間でお金を貰ってるのに、勝手に休んでいいと思っているのかい」

「あたしは、本当にだいじょうぶですから」

三木田さんが申し訳なさそうな顔をする。

「ならば、とっとと手を動かしなさいよ。今の、この一秒一秒も時給のうちなんだよ。詐欺だよ手を動かさなかったら」

「口ばっか動かしていても、時給がつくみたいですね」

姉ちゃんがつぶやくと、庄野さんがクスッと笑った。

「え？　なんだって？」

「あなた口ばかり動かしてますけど、口ばかり動かしてる間にも時給がつくんですね」

坂上さんの顔は真っ赤になった。

「あんたこそね、こんなところで働くのに、なんであんな派手な下着なんてつけてきてんのよ！ほんと、なに考えてんだよ」

「え？　下着ってなんですか」

「さっきロッカールームで見たけど、なんだいあれは？　あんたの下着は」

「下着って、あれ？　この職場は、Ｔバック禁止なんですか？」

そこに店長が通りかかったので、姉ちゃんは呼び止めた。

「店長、すみません。この仕事は、Ｔバック禁止なんですか？」

「え？　なんですか？」

「今日、Ｔバック穿いてきちゃったんですけど。すみません。明日からは普通のパンティー穿いてきますから」

「え？　なんですか？　パンティー？」

「はい。今日、Ｔバック穿いてきちゃったんですよ」

庄野さんは吹き出してしまったが、三木田さんは何事も無かったように作業を続けている。

「いや、別に禁止ではないですが」

坂上さんは馬鹿らしくなって、その場を去っていった。店長は困った顔をしながら売り場のほうへ行った。

三人はふたたび無言で作業を始めた。

十二時半になると店長がやって来て、「では一時間、お昼休みを取ってください」と言われたが、お昼までの時間があまりにも長かったので、午後のことを考えると、姉ちゃんは気が重くなった。

三木田さんはお弁当を持ってきていて、庄野さんはコンビニエンスストアでサンドウィッチを買い、近くの公園に行って食べた。

「事務所で食べてもいいですよ」と店長に言われたが、外に出ないと息が詰まりそうなので、姉ちゃんはスーパーマーケットの前にあった吉野家に行くことにした。

今まで数回しか食べたことのない吉野家の牛丼であったが、単純作業の後、甘くて濃い肉の味は、とても美味しく感じられた。脳を直接元気づけるようなその味に、姉ちゃんはえらく感動して、昼は毎日、吉野家に行くことになる。

夕方になると梅田は晩飯の準備をするため、姉ちゃんの働いているスーパーへ行ってみることにした。新しい自転車は姉ちゃんが乗っていってしまったので散歩がてら歩いて家を出た。

言問通りは普段より車が多いように思えた。途中、鶯谷のラブホテル街には、パトカーが数台停まっていて、警察官がうろうろしていた。ラブホテルの前には野次馬もいて、向こうから救急車のやってくる音が聞こえてきた。

事件でもあったのだろうか？　気になったが、姉ちゃんの仕事のほうが心配なので歩き続けた。ようやくスーパーに着いて、中に入ると人でごった返していた。レジを覗いてみたが姉ちゃんはいなかった。

とりあえずカゴを持って食材を購入することにした。何を作ろうか考えて、今晩は野菜炒めにしようと思い、豚肉やもやしなどをカゴに放り込んで、店内をひとまわりしてレジに並んだが、姉ちゃんはどこにもいなかった。

ちゃんと働いているのだろうか？　だいじょうぶなのだろうか？　会計をすませて、もう一度店内をまわってみたが、やはり姉ちゃんの姿は見当たらなかった。

梅田が買い物袋をぶら下げて言問通りを歩いていると、谷中墓地のほうからランニングをしていた竹村が飛び出してきた。

「うわ～！」

竹村は汗まみれで、息を切らしながら立ち止まった。

「梅田じゃん。どうした？　なにやってんの？」

「買い物、夕飯の」

「なんでこんなところまで来てるの？」

「姉ちゃんが、根津のスーパーでアルバイトをはじめたの。それで買い物ついでに様子を見に行ったんだけど」

「スーパーって、坂の下の？」

「うん。だけど、いなかったんだよ姉ちゃん」

「サボってるんじゃねえの」

そのとき姉ちゃんは、みかんの袋詰めをしていた。午前中よりも慣れてきたが、作業が単調すぎて眠くなってきた。堪えるために手の甲をつねると、指先がみかん色に染まっていた。ニオイを嗅ぐとみかんの匂いがした。

竹村は、「じゃあ、おれ、走りますんで、また」と再び走りはじめた。梅田は、走って行く竹村の後ろ姿をしばらく眺めていた。その背中は以前より大きく見えた。

鶯谷のラブホテル街を走っていると、警察官や刑事がいて、血を流した下着姿のおばさんが救急車で運ばれていくところだった。

野次馬がざわざわしはじめた。気になったが、立ち止まらずに竹村は走り続けた。

ジムに着いて、しばらく休んでから縄跳びを始めた。三分間跳んで、一分間休む。これを五回繰り返し、ミット打ちを四ラウンド行った。

「ほらほら、パンチ弱いぞ」「ちゃんとガードしろこの野郎」「疲れてるんじゃねえぞ」と田村さんに檄を飛ばされながら、ミットで何度も頭を小突かれ、竹村は必死にパンチを打ち込んだ。

ジムには竹村がサンフランシスコに行くための募金箱があった。それは会長が用意してくれた、お菓子の箱で即席に作ったものである。中にはすでに三万円くらい金が入っていた。足りない分の渡航費は会長が出してくれることになっている。そのかわり竹村は田村さんとジムの終了時間までいて、掃除をしてから帰ることになっていた。

帰り道に松岡の家の前を通りかかると、中から松岡の歌声が聞こえてきた。

扉を開けるとステージで松岡が熱唱していた。

「あら、竹村くん」

カウンターの中には松岡のお母さんがいる。

「こんばんは」

客は五人いた。近所の酔っ払いのおっさん連中だった。松岡はマイクを握ったまま竹村のことをチラッと見ただけで歌い続けている。

のど自慢大会に出場してから、毎晩一時間ほど客の前で歌を歌うことにしていた。特に酔っ払いだらけのこの場所だと、度胸がつくように思った。

「竹村くん、お腹空いてる？」松岡の母ちゃんが訊いてきた。

「はい」

「じゃあ、焼うどん作ってあげるね」

「ありがとうございます」

歌い終わった松岡が、竹村のところにやってきた。

「ジム帰りか？」

「そうだ」

「おまえ知ってるか、鶯谷の事件？」

「なにそれ？」

「中学生が、ラブホテルでデリヘルのおばさん刺したって」

「知らねえけど。あっ、でも今日ランニングしてたら言問通りに警察がたくさんいて、おばさんが救急車に運ばれてたな」

「本当かよ、刺したの林田らしいよ」

「えっ」

「さっきここに来たお客さんが昼間に鶯谷でデリヘル嬢を呼んでたんだって、そんで店を出たら、二軒隣りのラブホテルから金髪で歯のない中学生くらいの奴が、パトカーに乗せられていったのを見たんだって」

「歯がねえって林田じゃん」

「そうなんだよ」

「なんで刺したんだ」

「知らねえよ」

帰り道、人を刺してしまうまで林田を駆り立てたのはなんなのかと竹村は考えた。もちろん家庭環境や世の中に対する不満があったのだろうが、同情もできないし、もの凄く嫌な気がした。口の中では、松岡の母ちゃんの作ってくれたべちょべちょの焼きうどんが溶けて、いつまでも小麦粉の味がした。歯の奥にネギも挟まっていた。

姉ちゃんのアルバイトは五日目になった。毎日同じ時間に起きて同じ時間に帰って眠る。自分の身体がそのサイクルに順応してくると、生活が心地よくなっていた。しかし自転車で通勤するのは一日で止めてしまい、行きも帰りもタクシーを使っていた。往復で二千円くらい掛かるので、完全にアルバイトを馬鹿にしているとしか思えない。何度か坂上さんにタクシーから降りる姿を見られ、嫌味を言われていたが気にしなかった。姉ちゃんにとっては遅刻するよりマシだった。

昼飯は決まって牛丼を食べていたのだが、作業をしながら十二時近くになると、唾液が牛丼の味になってくるような気がして、自分は牛丼中毒になってしまったのではないかと思った。

夕飯にも牛丼をどうしても食べたくて、梅田に電話をして「今晩はお弁当買って帰るから、ご飯は作らないでいいよ」と伝え、買って帰った日もあったが、さすがに一日に牛丼二食というのは、よろしくなかった。胃がもたれて、眠っていても自分の寝息から牛丼のニオイがして気持ち悪くなった。でも、次の日の昼も、結局、牛丼を食べに行ってしまった。

パートタイムの大将、坂上さんは、相変わらず嫌味や文句を言ってくる。「作業が遅い」だとか「詰め方が汚い」だとか、とにかく文句を言いたくて仕方がない様子だった。庄野さんは「あれは更年期障害ってやつですよ」と言っていた。

彼女はスーパーの近くにある芸術大学の学生だった。昼休みは、いつもコンビニエンスストアのサンドウィッチを食べ、缶コーヒーを飲みながら、公園で煙草を吸っていた。

アルバイト二日目の昼休み、牛丼を食べ終わった姉ちゃんは、腹ごなしに近所を歩いていたら、公園で佇む庄野さんを見つけ、一緒に缶コーヒーを飲んだ。

彼女は作品を作る資金が足りないので、アルバイトをしているらしい。彫刻をやっていて、制作する場所も必要だし、重たいばかりで、作品が売れたとしても、たいしてお金にもならないから大変ですと話した。

彫刻と言われても、どのようなものなのか、姉ちゃんはピンとこなかった。

「彫刻ってさ、あれかな？　立てた丸太に人の顔が何個も彫ってるのあるでしょ。遊園地とか民族村とかにある、ああいうの作ってるの？」

「え？　なんですかそれ？　逆に訊いちゃいますけど」

「ほら、インディアンとかの村にもあるような」

「トーテムポール？」

「うん。たぶんそれ」

「トーテムポールは、高校の学園祭で作りましたね」

「あたしも作ったのよ。空き缶で作ったよ」

「空き缶？　空き缶でどうやって作るんですか？　ちょっと興味あるんですけど」

「空き缶、瞬間接着剤で重ねてさ」

「いたって普通ですね。顔は？」

「顔？」

「顔彫るじゃないですか、トーテムポール」

「あら？　つうかあれトーテムなんたらじゃないかも、学園祭の入口ゲートだったかも」

「空き缶で？」

「うん。そうだ。あれ缶コーヒーの缶がいいんだよね、硬いから。ほかのだと潰れちゃうの。だから、やたら缶コーヒー飲んだな、学園祭の前には」

「そうですか。でも、それは彫刻じゃないですね」

「ほら木彫りの熊とかもあるじゃない。あれは彫刻でしょ」

「そうですけど」

「ああいうの？」

「いや、違いますね」

「あんなの作ったら、お土産屋さんで結構売れるんじゃないの」

「北海道限定ですけどね」

「そうだね。売るんだったら北海道に移り住まなくちゃいけないね」

庄野さんは笑って、「なんか、梅田さんて面白いですね」と煙草の煙を吐き出した。

「え？　別に面白くないよ」

「自分の面白さに気づいてないんですよ」

「そうですかね」

姉ちゃんは庄野さんが、自分のどこを面白がっているのか、まったくわからなかった。

「あたしは、石なんですよ。石を彫るんです」

「石、えっ石を彫っちゃうの？」

「そうです」

「お墓とか？」

「うーん。ちょっと違うんですけど」

「そうなんだ。石か。石彫っちゃうなんて原始人みたいだね」

「原始人て」

　庄野さんが笑った。

「いやいや、これ悪い意味じゃなくて、石彫るなんて凄いな、どんなのかな、見てみたいな」

「じゃあ今度、大学遊びに来てくださいよ。作品見せますから」

「でもさ、大学なんて緊張するじゃない。あたし頭悪いからさ、大学なんて、校門入っただけで脳味噌吸い取られそうな気がするもん」

「うち美術大学なんで、脳味噌あんまり関係ないです」

「吸い取られない？」

「逆に、垂れ流している人ばかりですから」

「そうか、あたし普段でも、鼻から脳味噌垂れ流れてるからな」

「あたしもですよ。耳からも目からも」

庄野さんと姉ちゃんは、同い年であることがわかった。そして、ここまで接点のない生き方をしているのがお互い珍しく、少し嚙みあわないけれど話が弾んだ。

姉ちゃんがあけすけに自分のことを話すので、庄野さんは面白がって、姉ちゃんという人間に興味がわいた。姉ちゃんも、庄野さんのやっている芸術というものが、さっぱりわからなかったが、わからなすぎて、話を聞いているといろんなことが新鮮だったし、同年代の友達ができたことが嬉しかった。

その日から姉ちゃんは昼休み、牛丼を食べ終わると公園へ向かって、二人でお喋りをするのが楽しみになった。

三木田さんは、あいかわらず鈍くさく、いつまで経っても仕事に慣れず、失敗ばかりしていた。一キロに詰めるみかんを五〇〇グラムで詰めてしまったり、白菜を四分の一に切らなくてはならないのに千切りにしてしまったり、ゆずとレモンを間違えてビニールに入れたりなどなど、店長は怒る以前にあきれていたが、坂上さんはめざとくそこにやってくると、文句を言って憂さ晴らしをしていた。彼女が更年期障害だとしても、やはり、もとの性格が悪いのだと姉ちゃんは思った。

三木田さんは話しかけても簡単な答えしか返してくれず、自分から話しかけてくることは一切なかった。だから彼女が、どのような生活をしているのか謎なのであった。

姉ちゃんの働いていた水商売の世界には、アクの強い人がたくさんいたが、パートタイムのおばさんの世界にも変わった人がたくさんいた。

弟の梅田はお節料理の本を買ってきて、栗きんとんや昆布巻きを作り、黒豆を煮て、冷蔵庫に溜めていった。正月は、松岡や竹村も呼んで、皆でお節を食べよう。料理は、食べてくれる人を想像しながら作ると楽しいのだと思った。


大晦日の夕方に姉ちゃんはアルバイトを終えた。単純作業は水商売とは違う心地よい疲れと充実感があった。

帰り際、ロッカーで着替えていると、三木田さんがやってきたので、「三木田さん、お正月どうするんですか?」と訊いてみた。

「別に予定はありませんね」

「実家とかに帰ったりもしないんですか?」

「実家ないので、家で一人で過ごします」

「え? 一人なんですか?」

「はい、そうです」

姉ちゃんは、三木田さんが一人で正月を過ごしていることを想像すると、寂しくて、やりきれない気持ちになってしまい、

「もしよろしければ家に来ますか? 弟がお節料理を作ってくれているんですけど。一人じゃ寂

しいでしょ」と訊いてみたが、

「いえ寂しくないです。一人でだいじょうぶなんで」

ときっぱり断られてしまった。

人にはそれぞれのやり方がある。余計なおせっかいを申し出てしまったと、姉ちゃんは後悔した。

庄野さんはロッカーで着替え終わると、姉ちゃんに、

「梅田さん、東京戻ったら連絡するから、学校遊びに来てね」と言った。

「石ね、見に行く」

「上野にお酒も飲みに行きましょう。じゃあ、よいお年を」

「よいお年を」

庄野さんは時計を見て、「やばいやばい時間やばい」と急いでロッカールームを出ていった。彼女は、これから上野駅に向かい、新幹線で実家の山形に帰るのだった。

店長の平田さんは、「ご苦労様でした」と、お餅と袋詰めにしたみかんを姉ちゃんに渡してくれた。しかし毎日自分が詰めていたみかんは、当分食べたくなかった。

家に帰るとエプロンをした弟が、台所で天婦羅を揚げ年越し蕎麦の準備をしていた。

「姉ちゃん、疲れているだろうから、お風呂浸かってきなよ」

「うん。そうするね」

風呂から出ると蕎麦が用意されていた。二人で食べ、炬燵でテレビを見ていたら、姉ちゃんはいつのまにか眠り込んでしまっていた。

弟に起こされると除夜の鐘が聞こえてきた。

「あれー、もう年越ししちゃったの！」

「だっていくら起こしても、起きないんだもん」

それから二人は、松岡の家のスナックに向かった。

スナックでは、年越しカラオケ大会が行われていて、常連客でにぎわっていた。扉を開けると、酔っ払いの大声が聞こえ、松岡がステージで歌っていた。松岡は酔っ払いのことなど気にせずに熱唱している。

後から、竹村も父ちゃんと一緒にやってきた。竹村の父ちゃんは、すでに酔っ払っていて、店に入るなりソファーで眠ってしまった。ほかの酔っ払いの常連たちも、店の中でどんどん潰れて、床で寝ている者もいた。

姉ちゃんは焼酎のお湯割を二杯飲むと、松竹梅を連れて浅草寺に初詣に向かった。

仲見世は人でごった返していた。しばらく歩いていると、向こうのほうに見たことのあるパーマ頭があった。

坂上さんだった。彼女は、痩せたおっさんと二人で歩いていた。旦那さんなのだろうか？　坂上さんはアルバイト先では見せこともない笑顔で腕をからませていた。

のろのろ列の流れにのって、一時間もかかり、ようやく本堂までたどり着いたころ、四人はへとへとになっていた。

お賽銭を入れ、手を合わせた。そして露店で姉ちゃんが買ってくれた甘酒を飲みながら、それぞれの家に戻った。

松岡の家のスナックでは、まだ元気のある酔っ払いが、歌を歌っていた。「おい、オメエも歌え！」と言われたが、無視して、二階に上がり布団に入った。布団の下から、カラオケ音の激しい振動が響いてきた。

竹村が家に戻ると、親父が玄関に倒れ込んで眠っていた。声を掛けたが、まったく起きる気配はない。蹴っても叩いても起きない。仕方がないので、引きずって布団の敷いてある寝室まで連れていき、竹村も布団を敷いて眠ったが、しばらくすると親父のイビキが尋常でないくらいにうるさくなってきた。

「おい、うるせえぞ！」

竹村は言ったが、親父のイビキは止まない。ときたま息が詰まったみたいに呼吸が途絶える。死んでしまうのではないかと心配になってきた。

「おい、だいじょうぶか」

親父の頬を叩くと、ようやく目を覚ました親父は酔っ払っている上に寝ぼけていたので、誰かに絡まれたと勘違いしたらしく、「なんだテメエ！」と、竹村に向かってパンチをしてきた。避けた竹村であったが、最近は寝ても覚めてもボクシングだったので、反射的にパンチを繰り出し、親父の顔面に当たってしまった。

「いてえ！」

親父は驚いて目をひんむいたが、すぐにトローンと酔眼になり、「わかったよ。オメエは強い。すまん、こーさんだ」と再び眠りに落ちた。

梅田は炬燵に入って、うめぼしを落としたほうじ茶を飲みながら、姉ちゃんのバイト先での出来事を聞いていたら、いつの間にか眠ってしまった。姉ちゃんは梅田を抱えて寝室に行き、一緒の布団に入って眠った。


正月の朝、梅田は餅を焼き、お雑煮を作り、姉ちゃんを起こして二人で食べた。

昼過ぎになったら、松岡と竹村がやってくるので、梅田は、お節料理の準備を始めた。

梅田は一月三日に姉ちゃんと岐阜に行って墓参りをしてきた。このまえ来たのは夏だったが、随分、昔のことに感じられた。

バケツに水を汲み、お墓をタワシで洗った。冷たい水で、手がかじかんで感覚もなくなってきた。墓を洗い終わると、姉ちゃんは、「あーちめたい、ちめたい」と梅田の手を取ってさすってきた。手はもの凄く冷たくて、梅田は思わず「ヒャッ」と悲鳴を上げた。でも、二人でさすり合っていると、だんだん温かくなってきた。

家の中からその姿を見ていた住職が、窓を開けて、「ちょっと寄っていきなさい」と言った。居間に通され、奥さんが温かいお茶とモナカを出してくれた。

しばらくお茶を飲みながら世間話をして、姉ちゃんがソープランドの仕事を辞め、鍼灸師の学校に通おうとしているのだと話すると、住職は喜んで、岐阜に戻って鍼灸院をひらけばいいと言った。姉ちゃんは「そうですね」と答えたが、もう岐阜で生活をする気はなかった。

お寺を後にしてから、働いていた金津園のソープランドに新年の挨拶に行ったが、店の前には「長らくご愛好ありがとうございました」と閉店の貼り紙があった。姉ちゃんが働いていた頃は、正月も休まずに営業をしていたのだが、だいぶ景気が悪いのだろうか。お世話になったタケヨさんのことが気がかりだったので、営業していた二軒隣りのソープランドで呼び込みをしている男に話しかけてみた。男は姉ちゃんのことを憶えていた。姉ちゃんも男のことを、なんとなく憶えていた。

「どうした？　岐阜に戻ってきたの？」

「いや、お墓参りに来たんです。あそこの店で働いていたタケヨさんのことなんですが」

「タケヨさんなら、福岡に行ったたって話だよ。中洲に」

「そうなんですか」

「教育係もかねて、行ったらしいよ」

「あそこのお店はいつ閉まったんですか？」

「一ヵ月くらい前かな、社長が騙されたらしくてね。そんなことよりもさ、うちで働かない？」

男は姉ちゃんを舐めまわすように見てきたので、嫌な感じがした。

「わたし、この仕事やめたんですよ。じゃあ」

姉ちゃんは、そそくさと立ち去った。タケヨさんは、いつまでも現役を貫いているんだと感心した。到底まねできないと思った。

梅田と姉ちゃんは、岐阜駅近くのタワービルの中にあるとんかつ屋に入って、姉ちゃんはビールを頼んだ。

「お正月だからさ、今日は昼間からビール飲んじゃうよ」

姉ちゃんは宣言した。

「正月じゃなくても、飲んでるじゃん」

「そうだね。でもね、お姉ちゃんの夢はさ、あなたもお酒を飲める歳になったら、一緒にお酒飲むことなの」

姉ちゃんは、ビールをコップに注ぎ、喉をグビグビ鳴らして飲んだ。その姿を見て、梅田は、

「今だって飲めるよ」と言った。

「いや飲めないよ」

「飲めるって」

「じゃあ飲んでみる?」

「うん」

イタズラな顔をして姉ちゃんは、ビールを注いだコップを梅田に渡した。

梅田は、ひと口飲むと顔をしかめた。

「ほれ、みたことか」

梅田は悔しそうな顔をした。

「おいしくビールを飲めるようになったら、一緒に飲もうね」

姉ちゃんが梅田からコップを取ろうとすると、梅田は拒否して、コップを口にもっていき、一気に飲んでしまった。

「あらら。やるね、あんた」

梅田は黙って頷いたが、しばらくすると顔が真っ赤になってきて、頭がくらくらしはじめた。とんかつもほとんど食べられず、店を出ると「気持ち悪い」と言い出し、駅のトイレで吐いてしまった。

「馬鹿だなあ」

姉ちゃんは弟をおんぶして新幹線のホームに入った。おんぶしたのなんて何年ぶりだろうか。弟は思っていたよりも重かった。

帰りの新幹線で、梅田はずっと眠っていた。姉ちゃんは缶ビールを飲みながら弟を眺め、彼の寝息を聞きながら、ここ数年で身のまわりがいろいろ変化していったことを思い返していた。


竹村は春休みにサンフランシスコに行って短期でボクシング修行をすることが決まった。お金は、ジムに通っている大人たちの寄付もあったが、名目上は借金というかたちで、ジムの会長が全面的に支援してくれた。この金は竹村がボクシングをやりながら返していく。だから必ずチャンピオンにならなくてはいけないのだった。

さらに昼間は国際通り沿いにあるシゲさんの店に行って英会話を習いはじめた。シゲさんはアメリカに住んでいたこともあるので、英会話はネイティブ並みにできる。

最初は英語なんてさっぱりの竹村であったが、なんとしてでもアメリカでやっていく決意が固かったので、ボクシング練習と同じくらい真剣に勉強をした。

「まあ現地に行きゃあ、どうにかなるよ」とシゲさんは言う。竹村が最初に憶えた単語は「アイムハングリー」で、「これさえ憶えてりゃ飢え死にすることはない」とシゲさんは言った。

数日間、英会話を勉強すると、竹村の飲み込みが早いので本場の人に習ったほうがいいだろうということになり、シゲさんは、六本木でポールダンサーをやっているマリーンさんという金髪女性の友達を呼んでくれた。そしてマリーンさんは週に二回、出勤前にシゲさんの店にやってきて竹村に英語を教えてくれることになった。

マリーンさんは、これ見よがしの大きい胸の持ち主で、いつも乳首がはみ出してしまいそうなギリギリのカットの入った服を着ていた。長い手足で、大きなお尻をぶりぶり振るわせているので、漫画から飛び出てきたような女性だと竹村は思った。彼女は、いつも身体を擦りよせてきて、竹村の発音が良かったりすると、抱きしめたり、ほおずりをしたり、過度なスキンシップで喜ぶのだった。難しい質問に答えられたときなどは自分の胸に竹村の顔を埋めて、ぶるぶる振るわせてくれたが、マリーンさんは香水のニオイがきつくて頭がクラクラした。しかし大きすぎる胸は興奮しないものだと子供ながらに竹村は思った。胸というのはデカ過ぎず、梅田の姉ちゃんくらいの大きさがほど良いのだと、どうもそれが自分の趣味らしいと知った。

マリーンさんのスキンシップがあまりにも過度なので、竹村の着ていた服に香水のニオイが移り、家に帰ると親父に、「おめえ、フィリピンパブにでも行ってるんじゃねえのか？　生意気だぞ」と勘違いされたこともあった。

竹村は、春休みが終わったら日本に戻ってくると皆に言っていたが、できることなら向こうで学校に通って居続けたいとも思っていた。シゲさんが紹介してくれたトレーナーの家にホームステイさせてもらうのだが、見込みがあると思われれば居着かせてくれるかもしれない。だからジムでの練習も、これまで以上に真面目に励んだ。


松岡は歌の練習に余念がなかった。さらにカラオケで歌うばかりではなく、自分で演奏して歌を歌いたいと思いはじめ、ギターを習うことにした。

ギター教室は浅草の国際通りに面した潰れた喫茶店にあった。生徒は三人で、いつも酔っ払っている煙草屋のおっさんと、恐ろしく物覚えの悪い布団屋の三十八歳のいかずごけの娘だった。レッスンは三人一緒に行われるのだが、おっさんはビールを飲みながら受けているし、布団屋の娘は毎回同じことばかりやっていて、いまだにAマイナーのコードしか弾けなかった。

先生はその昔、上野や新橋で流しをやっていた中山さんという爺さんで、流しをやめた後、この場所で喫茶店を始めたが、奥さんが亡くなった十年前に店は閉め、今は年金暮らしでここの二階に住んでいる。しかし一人で暮らしていると寂しいので、三年前からギター教室を始めた。潰れた喫茶店のシャッターに、「ギター教室やってます」と貼り紙をして生徒を集めたが、あまりにも素っ気ないので、ほとんど人は集まらなかった。

このギター教室は、母ちゃんが見つけてきたところで、様子もわからず通いはじめたのだが、松岡にとってはちょうど良い教室だった。ギターは母ちゃんの店の常連客から貰ったものだったが、サイズが大きくてネックも少し反っていた。

中山先生のギターの腕は、流しをやっていただけあって確かだった。様々なフレーズを魔法使いのように、いとも簡単に弾き出すので、聴いているだけでも楽しかった。

松岡が歌手を目指しているということを知ると、中山先生はレッスンが終わった後も、ギター伴奏をして歌わせてくれた。松岡は生ギターの伴奏で歌うのが楽しくて、喜んで歌い続けていた。中山先生も松岡が古い歌をたくさん知っているので、「これはどうだ、あれはどうだ」と次々にギターを弾いていたら、流しをやっていた頃を思い出し、だんだん心がうずいてきた。

そこである日、レッスンの後に、観音裏の酒場を松岡と流して歩くことにした。子供と一緒にまわっていると、飲み屋の人たちは温かく迎えてくれて、まずは松岡が二曲歌い、リクエストがあるとお客さんが歌って、最後に松岡がまた歌いチップを貰った。チップは二人で山分けにした。だいたいのお客さんが、千円か二千円くれるので、二、三軒まわっただけで、一万円くらいになった。

中山先生の伴奏で歌うと、自分でも思いもよらない節回しができたり、情感を込めて歌うことができた。酔っぱらいと、アルコールの混じった空気には母ちゃんの店で慣れていたが、流しで歌うのは、カラオケで歌うのとは感触がまったく違った。

寒空の下、中山先生と二人で飲み屋街を歩いていると、地球に二人、取り残されたような気分になった。わびしい気持ちではあったが、この気持ちが、いつの日か役立つのだろうと思った。

お客さんにリクエストされ、中山先生のつまびくギターで、「湯の町エレジー」を歌っていたら、いままではわからなかったが、エレジーの意味がなんとなくわかった気になった。

梅田は、松岡や竹村に触発され、自分もなにかやらなくてはと思い、姉ちゃんのいきつけの寿司屋さんで下働きをさせてもらうことになった。

姉ちゃんと寿司屋に行ったとき、梅田が大将に寿司のにぎり方や魚のさばき方などいろいろ質問をしていたら、姉ちゃんは「もう、ここで働かせてもらったら」と冗談のつもりで言い出した。

「まあ、おれも小学生の頃から、仕事は手伝っていたけどな」

大将はこの寿司屋の三代目だった。

すると梅田が「ぼくも働きたいです」と言った。

足手まといになるのは承知だったが、梅田が真剣だったので、大将は「皿洗いくらいだったら、やらしてやるぞ」と言ってくれた。

もちろんアルバイト代なんて貰えなかったけれど、大将は梅田が一回来るごとに千円を積み立てて、いつかたまったお金を渡そうと思っていた。

梅田は背が低いので、木の台を用意してもらい、それに乗って黙々と洗い物を続けた。

厨房では出汁の湯気が漂い、酢飯の匂いや焼き物の匂いがした。さばかれる魚を横目で見て、引きあげられた食器が重なる音を聞いているだけで、この場に居ることが嬉しかった。

梅田が無駄口をたたかず、一生懸命洗い物をする姿に、大将も職人さんたちもいたく感心した。

店が終わると、マグロの漬けや佃煮をお茶漬けにして食べさせてもらった。これがまた美味しかった。この時間に、出汁の取り方や魚のさばき方などを教えてもらうこともあった。


一方、姉ちゃんもマネキン派遣会社に登録して、上野のデパートの食料品売り場で七味唐辛子の店頭販売のアルバイトが決まった。

仕事は売場に並んだ山椒や唐辛子や麻の実などをスプーンですくって混ぜ、ひょうたんの形をした容れ物に入れるのだが、姉ちゃんは最初、慣れずに失敗ばかりしていた。山椒をスプーンですくうと鼻がムズムズしてクシャミが出てしまい、粉をまき散らしたり、唐辛子を触った手で目ヤニを取ろうとして一日中涙を流していたり。しかし姉ちゃんと一緒に働く北海道出身のおばちゃんが優しく、懇切丁寧にすくい方や混ぜ方を教えてくれた。

「顔を横に向けて混ぜれば、クシャミは出ないっしょ」と、おばちゃんはアドバイスしてくれた。

この仕事は、春に鍼灸師の学校へ入学するまで続けることができそうだった。しばらくすると吉原で働いていた頃の常連さんがひっそりやってきて、大量に買っていってくれることもあったし、姉ちゃんの愛想の良さで、普通に立ち寄ったお客さんもこの人から買いたいという購買意欲が湧き、七味唐辛子は驚くほど売れた。七味唐辛子の会社でも噂になって、社員が見学に来ることもあった。

松竹梅は一緒に下校したが、それぞれ自分のやることが忙しくて、駄菓子屋にはあまり寄らなくなった。非常階段でのチンチロリンも、この時期は風が吹きすさんで寒いから図書室でやっていたが、教頭先生に見つかりサイコロを取り上げられてしまった。それ以来、図書室では寝てばかりいた。図書室は日当りもよくて眠るにはちょうど良かった。

竹村はいつも、仲本さんのことを想いながら眠っていた。早く彼女に会いたかった。仲本さんもアメリカの学校で昼寝をしているのだろうか?

二週間前、竹村はボクシングの修行でサンフランシスコに行くと伝える手紙を出すと、すぐに返事が来た。彼女は飛行場までお父さんと迎えに来てくれるらしい。竹村は、その手紙と、以前貰ったゴールデンゲートブリッジの葉書をいつもポケットに入れていた。

半田が図書室で寝ている松竹梅を見つけた。

「ここは寝る場所じゃないぞ」

三人は身体を起こして半田を見た。

「おまえらは、なんで、そうなんだ?」

「なにがですか?」松岡が訊いた。

「そんなふうに、勝手ばかりで」

「そんな勝手でもないですけどね」松岡が言った。

「いや勝手だよ。勝手に生きてるよおまえらは。おれはなんだかうらやましく思えてきたよ」

松竹梅は、半田がそんなことを言うので、素っ頓狂な顔をしていた。

「勝手というか、自由というか、たぶんこの先も、そうやって生きていくんだろうな」

いつもなら嫌みっぽい物言いをする半田であったが、今日はなんだかしみじみした言い方だった。

「先生はどうなんですか?」松岡が言った。

「なにが?」

「勝手に生きてないんですか」

「そうそう勝手には、生きれないんだよ」

半田は自分の妻のことを思い出した。早く離婚してしまいたいが、簡単にできないのが事実だった。

「とにかくな、図書室なんかで寝るなよ」

半田は図書室から出ていった。

「なんだか、今日は、様子が違ったね」

梅田が言った。

「ほんと、なんだろなあいつ、世の中のこと全部、面白くないって感じだろ」

竹村が言うと、梅田が頷いた。

「でもさ、半田も半田なりに、いろいろ大変なんじゃねえの」

松岡が言った。

「なんだよ。おまえ、いつから半田の味方になったんだよ」

「味方じゃねえけどよ。面倒くさいこともあるんじゃねえのか」

「まあそうだろうけど、おれはあんな大人にはなりたくない」

「わかんねえぞ、気を抜いてると、あんなふうになっちまうぞ」

「だいじょうぶだおれは、アイムハングリーだからよ」

「なんだそれ？」

竹村の口から突然英語が出てきたので、松岡も梅田も驚いた。

「お腹が空いてるってことだよ」と竹村が言った。

「おまえ、いつもお腹空いてるじゃねえか。鼻くそ食っちゃうし」

「鼻くそは食わねえよ。あのな、胃袋のお腹じゃなくて、なんつうのかな、心のお腹だよ」

「心のお腹？」

「おれは、まだ、なんにも満足なんかしてねえし、心のお腹も空きっぱなんだ。だから、やるしかねえんだ」

松岡は竹村の顔を見入った。

「おまえ、ずいぶん真面目なことを言うな」

「そうか？」

「でも、おれもそう思う。アイムナタラーだっけ？」

「ハングリー」

「ぼくも、心のお腹は空いてる」

梅田が言った。

「だから、やるんだよ」と竹村は息巻いた。

「うん。そうだね」

「なんだか、本当に腹が減ってきたぞ。梅田の働いてる寿司屋でも行くか」

「あそこは高いよ」

「梅田、寿司をにぎれるようになったの？」と松岡が訊いた。

「まだだよ。修行の道は長いもん」

「そうだよな、おれたち、しょせんまだガキだもんな。早く大人になりたいけど、まだガキだよ」

「でもガキでも、できることは、たくさんあるぞ」

竹村が鼻をほじくり、指についた鼻くそを飛ばした。

「とにかく、なにか食いに行こうぜ」

三人は隅田川を渡り、もんじゃ焼きを食べに行くことにした。その店は駄菓子屋を兼ねたもんじゃ焼き屋で、値段がもの凄く安く、三人で何回か行ったことがあった。飲み物はセルフサービスで、入口脇の冷蔵庫には缶ジュースや缶ビール、缶酎ハイが入っていて、それを勝手に取ってくる。もんじゃもほとんどが五百円以下で、カレーもんじゃとねぎ天もんじゃを頼んだ。その後も、ベビースターもんじゃに紅ショウガもんじゃを食べた。

満腹になって隅田川沿いを歩いていると、以前、松岡が自転車で突っ込んだブルーシートの家があり、あの酒臭いおっさんがいた。

おっさんは川を眺めながら、横に佇んでいる黒い犬の頭を撫でていた。よく見ると、犬はドーベルマンで、林田の飼っていたタロベエのようだった。

「あれタロベエか？　タロベエじゃねえか！」

竹村が言うと、犬はこっちを振り向いた。しかし以前のタロベエとは違って、顔は精悍さを失っていた。

「なんだ？　おまえら、この犬、知ってるの？」

「それタロベエだよ。おっさんは、なんでタロベエ飼ってるんだ？　食うのか？」

「食うか馬鹿野郎！　この犬は木の板に乗って隅田川を流れてきたんだよ、それを、おれが助けてやったんだ。弱っていたから看病してやって、前脚なんて骨が折れていたからよ。そしたら、なつかれちまって」

おっさんが頭を撫でると、タロベエはクンクンと鳴いた。

「おまえら飼い主知ってるなら、引き取りにきてもらえねえかな。エサが大変でよ、おれ、酒飲むの減らしてるんだから、まいってるんだよ」

「いやあ、知ってるっていうか、どこにいるかわからねえから」

竹村が言った。

「たぶん少年院の中とかです」松岡が言った。

「こいつの飼い主か？」

「はい。そうです」

「しょうがねえ飼い主だな」

「だから、なおさら、おっさんがタロベエを飼うしかないですよ」

「まいっちまったな」

そう言いながらも、おっさんの顔は嬉しそうで、タロベエはおっさんの足に擦り寄っていった。

その後、松岡は歌とギターを習いに中山さんのところへ、竹村はボクシングジムへ、梅田は寿司屋へ皿洗いに行った。

姉ちゃんは上野のデパートの地下で七味唐辛子を売る仕事を続けていたが、二月に鍼灸師の学校の試験があった。筆記試験は簡単なものだったが、あまりできなかった。面接試験もあって、姉ちゃんは面接だけで受かったようなものだった。先生たちの受けがやたら良かった。

竹村の父ちゃんは、自分の息子に大穴として賭けると宣言し、ギャンブルをやめて、金を貯めることにした。


春の気配が見えはじめた頃、竹村がアメリカへ旅立つ日がやってきた。

当日の朝、見送りのみんなは松岡の家のスナックに集まった。竹村の父ちゃんが借りてきたワゴン車で成田の飛行場まで行くのだった。

車に乗り込んだのは、竹村、松岡、梅田、姉ちゃん、シゲさんで、運転は竹村の父ちゃんがした。松岡の母ちゃんは長い時間車に乗ると痔に悪いので、飛行場まで行くことはできず、おにぎりをにぎってみんなに持たせてくれた。トレーナーの田村さんも一緒に行くはずであったが、集合時間になってもやって来ないので、電話をするとまだ眠っていた。田村さんを待っていると時間がギリギリになってしまうので、待たずに出発した。

出発前に、英語を教えてくれていたマリーンさんから電話がかかってきた。英語で話す竹村を見て、「凄いじゃない竹村くん」と姉ちゃんが驚いた。

「いやいや、こんにちは、行ってきます、って言っただけですよ」

「こんにちは、行ってきますだけでも凄いよ」

車に乗り込むと、シゲさんは後部座席で姉ちゃんの隣に座った。シゲさんは、梅田の姉ちゃんの話は聞いていたが、会うのははじめてで、これからアメリカに向かう竹村のことはそっちのけでずっと姉ちゃんと話していた。

松竹梅は、いつもと変わらず馬鹿話をしていたが、飛行場に近づくにつれて竹村はだんだん無口になっていった。

「どうしたんだ？　飛行機に乗るの怖いんじゃねえのか？」松岡が訊いた。

「そんなこと、ねえよ」

「だって、あんなデカいものが飛ぶんだぜ、おれは怖いよ」

高速道路で自動車事故があって渋滞に巻き込まれ、成田空港に着いたのは、搭乗手続きや出国手続きの時間を考えると、ギリギリの時間だった。

「みんなで蕎麦でも食べようと思っていたのに、田村が寝坊するからだ」とシゲさんは言った。

荷物を預け、シゲさんが「こいつ、ひとりで行くから、よろしくお願いします」と航空会社の人に言うと、同じ飛行機に乗る客室乗務員を呼んでくれた。竹村は彼女に連れられ、小走りで出国手続きのゲートへ向かった。みんなも走ってついて行き、大きく手を振ったが竹村は呆気なく扉の向こうに消えていった。

竹村の父ちゃんは黙っていたが、目頭が少しうるんでいた。

「だいじょうぶですよ、アイツは」

シゲさんは言った。

「近い将来、ベルトを腰に巻きますから」

父ちゃんは大きく頷いた。

成田から浅草まで、帰りの道中は松岡も梅田も眠ってしまっていたが、シゲさんは姉ちゃんと話し続け、今晩、飯でも食べにいかないかと誘った。姉ちゃんは、アルバイトもなかったので弟が働く寿司屋に一緒に行くことにした。

浅草に着いたのは夕方で、竹村の父ちゃんは夜勤の仕事に向かった。松岡はいったん家に戻り中山の爺さんのところに行った。


梅田が寿司屋の戸を開けてあいさつすると、大将や職人さんがプレゼントだと言って子供用の割烹着と白い帽子を手渡してくれた。いつもはジャージにエプロンだったので、梅田は嬉しくて、すぐに着替えて店の掃除をはじめた。

姉ちゃんとシゲさんはいったん家に戻り、寿司屋で待ち合わせをした。

久しぶりに男の人とご飯を食べに行くのだから、出かける前におめかしをしようと思っていたが、どうにもこうにも眠くなってきた。約束の時間までは一時間あったので、少しだけ眠ろうとスウェットの上下に着替え炬燵に足を突っ込んだ。

起きたら約束の時間を三分過ぎていた。焦った姉ちゃんは、スウェットにコートを羽織って自転車に乗って寿司屋に向かった。

店に着くとシゲさんはビールを飲みながら大将と話していた。

「ごめんなさい。ちょっと眠ってしまって」

「いやいや。だいじょうぶだよ」

コートを脱いだ姉ちゃんの姿を見るとシゲさんは、

「つうか、本当に眠ってたままの格好で来たんだね」と言って笑った。

「酷いですよね。この格好」

「いやいや。まあ関係ないやな。さあ食べようよ」

カウンター席に座ると、厨房の奥で洗い物をしている弟の姿が見えた。姉ちゃんは視線を送って、何度も目を合わせようとしたり、手を振ろうとしたが、梅田はまったくこっちを見てくれなかった。


竹村は飛行機の中にいた。松岡に言われた通り、なんでこんなデカいものが飛んでいるのかと思うと恐ろしくなってくるので考えないことにしたが、緊張と興奮が入り交じり、まったく眠れなかった。窓の外には雲ばかり見えて、翼が雲を切り裂いていた。

大人になるというのはどういうことなのか、よくわからないが、とにかく日本に帰ってくるときは、今の自分とは違う自分になっているだろうと確信した。

あまりにも眠れないので、父ちゃんが酒を飲むとすぐに眠り出すから自分も飲んでみようと、客室乗務員に「眠りたいので、お酒をください」と頼むと、鼻で笑われ、コーラが運ばれてきた。竹村はコーラを飲みながら、夏にみんなで行った熱海の海のことを思い出していた。駄菓子屋でチェリオばかり飲んでいたが、熱海ではコーラをたくさん飲んだ。アメリカにチェリオはあるのだろうか？　コーラは本場だから腐るほどあるだろうが、これからはボクシングのことを考えて、コーラやジュースばかり飲むのは控えることにした。だからこれが最後のコーラになるかもしれないと、味わいながら飲んだ。

竹村はポケットから仲本さんから貰った絵葉書を取り出し、ゴールデンゲートブリッジを眺めた。橋の向こうには、青くて大きな海や、空が広がっている。今から自分がここに飛び込んでいくのだと考えるとわくわくして、叫び出したい気分になった。とにかくサンフランシスコに着いたら、ゴールデンゲートブリッジに行って叫ぼうと思った。

松岡はその晩も流しに出た。「今晩は、ちょっと特別なところに行きましょう」と中山先生が言い出して、上野のゲイバーがある地帯を巡った。

上野は年寄りのゲイの方々が多く、八十歳を過ぎたお爺さん二人が手をつないで歩いていたりする。

なんともいえない気分になっていた松岡だったが、一軒目に入ったゲイバーのカウンターに立って、「ラストダンスは私に」を熱唱した。

客は大喜びで大喝采を受けた。おじさんやお爺さんたちにもみくちゃにされ、キスをされ、逃げ出したい気分になったが、同時に、なにかがはじけて、カウンターの上で一時間近く踊って歌い、リサイタルのようなことをした。

松岡は、この先どんな場所でも、なにがあっても、歌い続けていくのだと決心した。そしてさっきから股間をまさぐり続けてくる酔っぱらいのおっさんの顔面をカウンターの上から思い切り蹴り飛ばした。

戌井昭人　いぬいあきと
1971年東京生まれ。パフォーマンス集団「鉄割アルバトロスケット」主宰。2009年、初の著書『まずいスープ』(新潮社)、2011年『ぴんぞろ』(講談社)が芥川賞候補に。著書はほかに、『俳優・亀岡拓次』(フォイル)、『ただいまおかえりなさい』(多田玲子と共著/ヴィレッジブックス)、『八百八百日記』(多田玲子と共著/創英社)、編著に『深沢七郎コレクション 流』『深沢七郎コレクション 転』(ちくま文庫)がある。2012年10月には、池袋・あうるすぽっとにて山本周五郎原作「季節のない街」の脚本・演出を手掛ける。

本書は、季刊「真夜中」7~15号(2009~2011年)に連載されたものに加筆・訂正をし、最終章「勝手に生きる」を書き下ろしました。

松竹梅

二〇一二年五月五日　初版第一刷発行

著者　戌井昭人

編集　大嶺洋子
発行者　孫　家邦
発行所　株式会社リトルモア
〒151-0051 東京都渋谷区千駄ヶ谷3-56-6
TEL: 03-3401-1042　FAX: 03-3401-1052
info@littlemore.co.jp　http://www.littlemore.co.jp
印刷・製本所　シナノ印刷株式会社

Printed in Japan　ISBN 978-4-89815-338-3
JASRAC 出 1204380-201
乱丁・落丁本は送料小社負担にてお取り替えいたします。